クライブ・カッスラー
＆グラハム・ブラウン／著
土屋 晃／訳

〈ファストアイス〉計画の災厄を食い止めろ（上）

Fast Ice

扶桑社ミステリー
1704

〈ファストアイス〉計画の災厄を食い止めろ（上）

登場人物

カート・オースチン————国立海中海洋機関《NUMA》特別任務部門責任者
ジョー・ザバーラ————同海洋エンジニア
ポール・トラウト————同深海地質学者
ガメー・トラウト————同海洋生物学者
ルディ・ガン————同副長官
ハイアラム・イェーガー————同コンピュータ・エンジニア
コーラ・エマーソン————元NUMA職員。気象学者
イヴォンヌ・ロイド————気候学者、純古微生物学者
ライランド・ロイド————〈マタ石油〉オーナー兼CEO
リアンドラ・ンディミ————NUMA連絡官
ジャオ・リャン————〈リャン海運〉オーナー
セルゲイ・ルヴィコフ————ロシアの建設業者
アイリーン・タンストール————カナダの実業家

プロローグ　世界の底

テラ・アウストラリス（南極大陸）
一九三九年一月

極寒の地表に航空機のプロペラ音が鳴りわたった。雪原と氷結した河川に谺《こだま》して、南極大陸のこの地域では聞いたことのない音をさせた。大地に巣をつくるコウテイペンギンの群れがその気配を聞きつけ、騒ぎの源を探して一斉に空を仰《あお》いだ。そして空を行く灰色の〝大鳥〟をじっと見つめた。

鳥の正体はドルニエ飛行艇であった。総金属製の銀色の航空機で、識別記号が大きなブロック体で表示されている。高い位置に取り付けられた主翼、機体の中心に沿って連結された二基の強力な星形エンジンは一基が機を前方に牽引《けんいん》し、一基が後押しするという仕組みである。

ドルニエのこのモデルが〈クジラ《ヴァール》〉と名づけられたのは、巨大であることもさりながら、機体の板金につけられた突起が海獣の腹に見られる畝《うね》とよく似ていたからでもあった。

機内で操舵輪《そうだりん》を握るのは中年の飛行士である。瞳《ひとみ》は茶色、髪には白髪が目立っているが、びっしり生えた無精ひげは黒々としている。フリーガーブルーゼの名で知られる、ボタンのないブルーの上着。大尉の襟章で階級が、胸の鉤《かぎ》十字をつかんだ鷲《わし》の紋章でドイツ空軍に属していることがわかる。最近縫いつけられた仮のタグには〈ユルゲンソン〉の名前があった。

ユルゲンソンは翼を傾け、熱せられたコクピットのガラス越しに、ほぼ一列に整列したペンギンの群れに感嘆のまなざしを注いだ。

「小さな兵隊《クライネ・ゾルダーテン》だ」とユルゲンソンは言った。

副操縦士が笑いながら別の場所を指さした。「青い水《ブラウエズ・ヴァッサー》だ。また湖があるんでしょう。同一線上に、この五〇キロで三つめだ」

ユルゲンソンは前方の湖に注意を向けた。切れ長につづく藍青色《らんせいしょく》の水が陽光に燦《きら》めいている。その濃い色彩が、果てのない白い雪原にサファイアのごとく浮き立っていた。

「他の湖より大きいな」ユルゲンソンはインターコムのボタンを押した。「航法士、位置情報をくれ」

機内の奥から、航法士が現在の経緯度を報告したうえで、「ただいま二〇〇キロの中間地点に接近中。国家の任務を遂行する頃合いです」

ユルゲンソンは訳知り顔で、副操縦士と目配せを交わした。この地での彼らの任務は表向き、探検家として未踏の大陸を写真撮影することにあったが、一九三九年に未知の大地を踏査するというのは王と国の――この場合は〝総統と父なる祖国〟の領土を主張することにほかならない。

その主張を通すため、最高司令部からは道中五〇キロごとに証拠を残すよう指示を受けていた。具体的には機の貨物口から錘《おもり》のついた指標を投下し、氷上に旗を立てる作業である。

指標は長さ三フィートの鋼製で矢に似た形をしていた。先端が重く、槍《やり》のように落下して雪や氷に突き刺さる。首尾よくいけば屹立《きつりつ》したまま、尾部に描かれた鉤十字を誇示することになる。

ユルゲンソンはこの行動が馬鹿《ばか》げた時間の浪費であることに気づいていた。矢は衝撃によって倒れたり、思いのほか深く刺さって見えなくなってしまうのだ。

すばやい決断のうえ、ユルゲンソンはインターコムのボタンを押した。「われわれの真の任務は、帝国にとって価値あるものを発見することにある。液化した雪と氷は地熱の存在を示している。つまり最高司令部がここに基地を建設すれば、大いに利用価値が出てくるということだ。ベルトを締めろ。引きかえして着陸する」

インターコムが沈黙すると、ユルゲンソンは副操縦士に告げた。「〈ブレーマーハーフェン〉と連絡を取れ。着陸すると伝えろ」

飛び立ってきた貨物船に向けて副操縦士が報告を入れる間に、ユルゲンソンはドルニエ飛行艇をゆっくり降下させて旋回にはいった。接近の途中でフラップを下げ、スロットルをわずかに動かした。

とくに問題にするほどの風はなかった。ドルニエは狭い湖の端に着水し、穏やかな水を中央でふたつに裂くようにして薄い航跡を引いた。

水の抵抗がブレーキ以上に効果を発揮して、たちまち減速した大型飛行艇は重い荷を積んだ船のように湖面を惰走していった。ユルゲンソンは足もとのペダルで竜骨《キール》に取り付けられた小型の方向舵《ラダー》を操った。さらに速度が落ちたところで機首を右に向け、エンジンを切った。

音もなく漾《ただよ》ったドルニエは湖の反対側に達して停まった。

「これで脚を伸ばせるぞ」

ユルゲンソンがショルダーハーネスをはずそうとしていると、航法士がコクピットに顔を覗《のぞ》かせた。「大尉、やはりわれわれは――」

ユルゲンソンは言葉をさえぎった。「シュミット中尉、きみにも同行してもらうぞ。なんなら指標を持ち出せばいい。きみが望むなら湖の周囲に刺していこうか。さらなる栄誉として、きみにはこの祖国の湖に名前を付ける権利があたえられるだろう」

しばしの沈黙を経て、「どうも《ダンケ》、大尉」

航法士は機体の奥にもどっていった。副操縦士がにんまりした。「さすが、政治家になれますね」

「一〇〇万年たっても無理だ」

国家社会主義労働者党について、ユルゲンソンはろくに関心がなかった。それどころか、そういった姿勢がまだ許されていたナチス初期の時代には敵視していた。そのせいで、ゲシュタポはユルゲンソンの名の横に赤旗を打ち、彼を探査行から遠ざけた。しかし、長年にわたってルフトハンザの海外航路を経験してきたことで、〈ヴァール〉を飛ばすユルゲンソンの技術はぬきんでていた。この技術のおかげで労働組合員の過去を不問に付されたうえ、探査行に駆り出された。ルールの炭坑労働を免れたのである。

　ユルゲンソンは手を伸ばして頭上のハッチを開いた。ドルニエは開放型コクピットを持つ機種が大半だったが、南極探査用に選ばれた当機には当然ながらガラスの風防が嵌《は》められている。

ハッチをスライドさせると、澱《よど》んだコクピットに凍るほどの空気が流れこんできて男たちの気分を引き緊《し》めた。ユルゲンソンは深く息を吸って身体を引きあげ、ハッチから機体の外に出た。

　背後に、二枚のプロペラを直列に配するドルニエのエンジンポッドがある。すでに停止していたが、循環する寒気に熱した金属の部品が軋《きし》むような音をたてている。機体の側面で扉が開いた。シュミット中尉ほか二名が張り出し《スポンソン》と呼ばれるずんぐりした下翼の上に降り立った。この補助翼は、水上における飛行艇の安定性を高めるために取り付けられたものだが、これが乗降の際にはまたとない足場になる。

シュミット中尉はその場から氷に向けて銛《もり》を撃ちこんだ。銛につながれたロープが繰り出され、シュミットと乗員二名がそれをきつく張り、飛行艇を人力で湖岸まで引き寄せていった。

　機を係留すると、シュミット中尉は氷との隙間《すきま》に長い板を渡した。「時間はどれくらいですか、大尉？」

　ユルゲンソンは気温を確かめた。零下二六度。だが陽射しがあり、風はなく案外に心地がいい。朝にスキーをやり、午後はピクニックテーブルでバイエルンの旨いビールを飲《や》ったアルプスの一日を思わせる。

「一五分。それが精一杯だ」

　刻限は搭乗員を思ってのことではない。人はともかく、冷やしすぎるとピストン内部の燃料気化が進まず、エンジンの再起動が困難になるのだ。

　ユルゲンソンはコクピット内に顔を差し入れた。「油温に注意しろ。下がったらエンジンを掛けろ。おれは上陸する」

　敬礼をする副操縦士を後に残し、ユルゲンソンは機体の上を歩いていった。プロペラと主翼を避けてスポンソンに飛び降り、湖岸に向け踏み板を渡った。

　足を置いた大地は凍りつき、固まった雪の上に粉雪の層が薄く積もっているばかりだった。機から離れるように歩きながら、ユルゲンソンはほぼ無音の状態に驚いていた。聞こえるのは自分の息遣いと、長靴に踏みしだかれる雪の音だけである。

　周囲にひろがる広漠とした風景は静まりかえり、ひたすら圧倒される。空気自体は冷え切って湿気というものがなかった。呼気が鼻腔《びくう》で凍りつくようで、吐いた息は白くならない。雪原の白さに目が眩《くら》みそうになりながらも、遠方に雪のない暗色の火山岩と思われる頂を何カ所か認めた。仰いだ空はかつて見たことのない青さだった。

ユルゲンソンはすべてを目に焼きつけながらゆっくり足を運んだ。おそらく自分は歴史上、最南の地を踏んだドイツ人ではないか。そこに何かしらの意味があるはずだ。彼は鉤十字が目立つように腐心しながら氷中に金属の矢を打ちこんでいくシュミット中尉の脇《わき》を通り過ぎた。

つぎは写真を撮らなくてはならない。シュミットがナチの旗をひろげるかたわらで、乗員のひとりがカメラを用意した。彼らは大尉を手招きした。

歩み寄ったユルゲンソンはだらしなくポーズを取った。シュミット中尉以下が腕を突き出した敬礼をするなか、ユルゲンソンは両手を脇に置いたままだった。

公務が終了すると、ユルゲンソンは狭い氷上を歩き、湖畔《こはん》にしゃがみこむ科学者のところまで行った。

科学者の男は標本採取をおこない、湖中に沈めた大型のガラス瓶を引き揚げようとしていた。

「どう思う？」ユルゲンソンは科学者の隣りに膝《ひざ》を折って話しかけた。「火山か？」

「はい《ヤー》」と科学者は答えた。「相当な確信をもって。ここにいても硫黄《いおう》の匂《にお》いがするでしょう。この湖は間違いなく地熱によって温められてる」

「しかし、われわれは氷河の上にいるのでは？」

「おっしゃるとおり。その点でこれは稀《まれ》にみる発見です――地熱が氷河の中心を溶かしている。きわめて珍しい。しかもこれだ」科学者は脇に置かれたガラス瓶を指さした。すでに湖から採取していた標本だった。

「この水は汚染物質でいっぱいです。本来は純粋な融雪水であるはずが、そうではない」

大尉はガラス瓶に顔を近づけた。水中で揺れる水温計は摂氏三・三度を示していたが、すでに水面のあたりが凍結しはじめている。科学者が水をかきまぜて氷を砕いていくと、その渦のなかに緑色の不純物が見えた。

「沈殿物か？」

「おそらく」

「あるいは生物という可能性も――」

「大尉」と叫ぶ声がした。

ユルゲンソンは立って飛行艇を振りかえった。ドルニエの後部に立つ搭乗員のひとりが、尾翼につかまりながら湖の進入してきた方向を指していた。

「水が凍りはじめています」と搭乗員が大声で言った。「飛ばないと閉じこめられる」

そちらを向くと、遠くのほうからアクアブルーの色が鈍く褪《あ》せていくのが見えた。ついさっきまではなかった薄紙のような氷の光沢が、足もとの汀《みぎわ》にも出来ていた。

「全員、機にもどれ」とユルゲンソンは命じた。標本に蓋《ふた》をして箱にしまおうとする科学者を手伝ってから、ひとり飛行艇に走った。道板で弾みをつけて機上に飛び乗った。

後方に寄って眺めると、その高みからもっとはっきり見えた。目にしたのは凍《い》てつく空気以上にぞっとする光景だった。湖の両岸が、肉眼でわかるほどの速度で凍りついていく。と同時に、湖岸から中心に向け、まるで窓枠に霜が張るのを低速度撮影のフィルムで見るような感覚で凍結がひろがっている。いまのところは湖の中央に水路が残っていた。

ユルゲンソンは機上を跳ぶように移動すると、主翼の下をくぐってコクピットへ向かった。「エンジンを起動しろ」

「しかし、全員がまだ搭乗してません」と副操縦士が応じた。

「いいから回せ。急ぐんだ」

副操縦士が作業にかかると、ユルゲンソンは機の前部から湖岸を振り向いた。器具を運ぶ科学者たちが雪中をよたよたと進んでいる。シュミットが愚かしく最後の一個の標識を打ちこんでいた。「おい」とユルゲンソンは命令した。「行くぞ」

エンジンが黒煙を吐き、後方のプロペラが擦《こす》れるような音をさせて動きだした。ピストン内で燃焼が起き、回転を増したプロペラは形がぼやけた。下では科学者たちが機に乗りこもうとしている。シュミット中尉は移動の最中だった。

ユルゲンソン大尉はコクピットに降り、頭上のハッチを閉じた。「第二エンジンは起動した。第一を起動せよ」

前方のエンジンが始動すると、ユルゲンソンは操縦を引き継いだ。プロペラの動きを調節して移動態勢にはいった。

「人員確認」とインターコムに呼びかけた。

「総員搭乗しました」とシュミット中尉が息も絶え絶えに声をあげた。

「係留索をはずせ。それから岸を押せ。旋回する場所が必要だ」

機の後部でシュミットが索を切り、踏み板を使ってドルニエを凍った湖岸から押しもどした。飛行艇は鈍い動きで数フィートほど動いたが、それで充分な空間が生まれた。

ユルゲンソンはスロットルをわずかに前へやり、ラダーのペダルを強く踏んだ。すると飛行艇は尾部を振るように右へ急旋回し、機首を湖が広がる縦方向にもどした。

飛行艇が位置に着くと、ユルゲンソンは離水に向けスロットルを全開にした。機体上に搭載されたエンジンが咆哮《ほうこう》し、機体に力をみなぎらせたドルニエは前進を開始した。

〈ヴァール〉はその名のとおり、すさまじい力で水をかきながらゆっくり速度を上げていった。翼に流れる気流が増すとともに抗力は減り、機体が浮いた。やがて〈ヴァール〉は湖面をかすめるように飛んで一気に加速した。

前方では凍結がつづいており、両岸から結晶模様がひろがっていた。

「こんな勢いで湖が凍るなんてありますか？」と副操縦士が疑問を投げた。

「われわれが下の冷たい水を攪拌《かくはん》したからだろう」とユルゲンソンは自説を口にした。

「フラップ全開。揚力が必要だ」

副操縦士がフラップを操作するとドルニエは浮きあがり、かろうじて水上を飛行していたが、まだ上昇には至っていない。

「これは無理です」と警告を発した副操縦士がスロットルを引きもどそうとした。

ユルゲンソンはその手をさえぎり、エンジンを全開に保った。飛行艇は急速に凍結していく氷の先端に突っ込んだ。この時点では氷泥だったものが、機体の金属に削られたそばから凍っていった。主翼の支柱と機体後部および尾翼が早くも氷の膜に覆われた。

機の反応が重く鈍くなった。だが高い位置にある主翼と、その上に載るプロペラは濡《ぬ》れずに乾いていた。チャンスはいましかない。

ユルゲンソンは操舵輪を引いた。湖から離れて上昇に移った矢先、ドルニエは高度を落とした。ふたたび湖面と接触して高く弾むと、今度は空をめざして飛びあがった。

「主翼と尾翼を除氷しろ」とユルゲンソンは叫んだ。

副操縦士が二個のスイッチを弾《はじ》いた。「熱線、作動」

除氷システムによって、主翼と尾翼に通された加熱コイルに電力が送られた。コイルが氷を溶かす仕組みだが、その効果が出るまでには時間を要する。その間、ユルゲンソンは飛行艇を飛ばすことに注力した。

「機体が重すぎる」と彼は言ってインターコムのボタンを押した。「重量が超過した分を廃棄しろ。さもないと墜落するぞ」

計器を見つめながら機体を水平に保つことに必死で、自分の指示が飛行艇の後部で惹《ひ》き起こした騒ぎには思いがおよばなかった。貨物用ハッチが開かれ、予備の部品や機材、寒冷地用の衣類が放り出された。つぎに橇《そり》とスキー道具、遭難時の蓄えだった五〇ポンドの米袋も棄《す》てられた。残ったのは錘が付いたシュミット中尉の標識だけで、これは航法士が執拗《しつよう》に抵抗したからである。

後部のコンパートメントが整理されると機体は三〇〇ポンド軽くなり、どうにか空中に留《とど》まっていた。

そのとき、第一エンジンがバタついた。

「燃料経路に氷がはいったんです」と副操縦士が言った。「あの〈ブレーマーハーフエン〉のタンクのせいだ」

副操縦士は燃料供給を滞らせまいとバルブを開き、エンジンからキャブレターに熱を送りこんだ。が、その量は少なく、しかも遅すぎた。

エンジンが停止し、ドルニエの機体は揺れはじめた。失速して墜落する前兆だった。選択の余地はない。ユルゲンソンは機首を下げ、速度を得て降下を制御した。だが、もはや空中に残る手立てはなかった。

半マイルほど滑空したのち、相当激しく雪に当たった。機体が大破するほどではないにせよ、かなりの衝撃だった。

ドルニエの胴体が軋み、はずれたリベットが機内に跳ねた。ユルゲンソンは機首が左に滑り、尾部が右へ流れていくのを感じた。濡れた路面をスキッドする車のようなありさまだった。ラダーペダルを踏んで制御を試みたが効果はなかった。

固い雪上を滑った飛行艇は斜面に差しかかった。そのまま丘を上って減速し、左の主翼が雪だまりに掛かって止まると機体を一回転させた。

ユルゲンソンはとっさに操縦機器に手を伸ばし、燃料ポンプと電気系統を遮断した。周囲に発火した気配がないのを見て深々と息をついた。煙や燃料の臭《にお》いはしなかった。

全員無事のまま停止した。火も出てない。そのほかに喜ぶべきことはなかった。開いたつかの間、放心状態で座っていたが、やがてユルゲンソンは立ちあがった。ハッチから顔を覗かせた。

機は丘の中腹を一〇〇フィートほど上がった深い雪に突っ込んでいた。まるで機首を転じ、上った丘を下ろうとしていたかのように向きを四五度変えている。

後ろを振りかえると、損傷が否応なく目にはいった。尾翼の先端がひどく折れ曲がっていた。機体片側のスポンソンからラダーまでが剝《は》ぎ取られている。それ以上見るまでもなかった。〈ヴァール〉はふたたび空を舞うことはない。

ユルゲンソンはコクピットにもどって座席に身を沈めた。「こうなってはベルリンの連中ともうまくはいくまい。〈ブレーマーハーフェン〉に無線を入れろ。われわれの位置を知らせて援助を求めるんだ」

副操縦士が無線の電源を入れて凶報を告げようとする間に、ユルゲンソンは窓の外を眺めた。遠く望む湖からは明るい青緑色が失《う》せていた。単調な色合いに変わり、張った氷と周辺の雪の区別がほとんどつかない。

こんな速さで水が凍るのを見たことはなかった。現実とは思えない。摂氏三度で。地熱があるにもかかわらず。

科学者が瓶に採集した沈殿物と関係があるのだろうか。これは注目すべき発見をしたということなのか。

ユルゲンソンはインターコムのボタンを押した。「フリッツ」と例の科学者を名指しした。「水の標本は確保したか？」

「いいえ《ナイン》、大尉《カピテーン》」と科学者は応じた。「重量を減らすので棄てざるを得なかった」

「そうか。あの青い水に浮かんでいたものの正体を知りたかったんだが」

1

現在
探査船〈グリーシュカ〉
南極海岸の北

極地探査船〈グリーシュカ〉は、南極海岸沖一〇〇マイルの南氷洋を慎重に進んでいた。一万トンの〈グリーシュカ〉は灰色の船体に強化された船首を具《そな》え、五層の上部構造物に塗られたインターナショナルオレンジは色褪せてくすんでいる。全長は三〇〇フィートあるものの、巨大な氷山に囲まれるとちっぽけに見える。

氷山のなかにテーブルの天板さながら、街が出来そうな平たい表面のものがあった。その他は風と波に削られ、それぞれがマッターホルンのような独特な尖《とが》った形状をしている。目下〈グリーシュカ〉の脅威となっていたのはそうした巨山ではなく、ずっと小さな氷だった。

ブリッジの持ち場から、コーラ・エマーソンは低く漾い、ほとんど視認できない自動車大の氷塊を探して双眼鏡を覗いた。

「正面に氷岩」と彼女は警告した。

割りながら前進できる海氷や、発見しやすく回避が容易な巨大氷山とちがい、氷岩は見つけるのが困難で生死にかかわる。サイズも形もさまざまで、重さは三〇トンあまり。しかもたちの悪いことに、側面が角ばっていることが多く、かすめただけで船体に穴をあける場合もある。

「左舷《さげん》船首前方にもうひとつ」コーラはつづけた。「右舷に五度変更でクリアできる」

船長のアレック・ラスキーは疑問を持つことなく針路を変えた。コーラは南極大陸までの航海中は船長の傍《かたわ》らにいて、一二時間まえに北進を開始してからはほぼブリッジを離れずにいる。

驚くほどのスタミナの持ち主だ。しかも目敏《めざと》い。「きみは前世でも水夫だったんだな」

「そんな噂《うわさ》は肯定も否定もできないわ。でも南極探査は長年やってきた。この大陸に来たのはこれで七度め。そのまえはアメリカの海洋機関のNUMAで働いてた。それで身に付くこともなかったら恥ずかしいわ」

「さすがに」とラスキーは応じた。「目が利いてる」

コーラは内心うなずいた。当然よ。

何カ月もの探査を経て、コーラは特異であり、しかも危険なものを発見した。彼女の判断に間違いがなければ、世界を変えてしまうだけの力を有するものだった。善良な手にあれば傷ついた惑星を癒やすことができるが、悪の手に落ちたら武器になる。その利用方法はどうあれ、そんな発見は願い下げだと思う者がいる。

妄想か、第六感の働かせ過ぎかはともかく、コーラはその発見をするまえから追跡されているという感覚に付きまとわれていた。氷を離れて〈グリーシュカ〉に乗りこむと、その恐怖もやわらいだ。しかしケープタウンに着くまでは安心できない。

「新方位に移行」と船長が言った。「これでクリアか?」

コーラは双眼鏡を氷岩に向けた。船首波に揉《も》まれ、浮き沈みしながらぶつかりあっている。小型の氷山が泡を噴き出しながら流れていき、すっと消えたかと思うと、別の面を空に向けて水上に浮かびあがった。

「氷は後ろにやり過ごしたわ」

コーラは氷岩を見送ると前方に注意を向けた。さっきまで開けていた海が狭くなっている。一マイル先に中程度の氷山――〈グリーシュカ〉より大きいが、遠くに見える氷の山脈よりは小さい――が針路にはいりこんできた。

その氷山は奇妙な形をしていた。というか、ほかとは似ても似つかない。上面が平《へい》坦《たん》で、街のサイズの氷が氷河から分離したように見えるが、手前側に鋭い傾斜があった。方々から小さな先端が突き出している。

氷自体が不思議な色だった。純白あるいは蒼白《そうはく》ではなく、火山灰をかぶったような黄みを帯びていた。

「このあたりの海流は？」とコーラは訊《たず》ねた。

「西風海流」とラスキーは答えた。「南極周辺はどこもいっしょだ」

「局地的なものはない？」

「知るかぎりはないね」

「じゃあ、あの氷山が西じゃなく東へ動いてるのはなぜ？」

ラスキーは侵入してくる氷山に視線を投げた。「目の錯覚だ」

「そんなはずない」

船長は気がなさそうに古いブラウン管の画面に手をやった。「レーダーをチェックしろ」

コーラは船の原始的なレーダースコープのほうへ移動した。スイッチを切っても画面上に線が残るような旧《ふる》い代物《しろもの》である。それを追跡モードにセットして情報が出るのを待った。十数回の走査のあと、レーダーはコーラが目にした事象を裏づけた。「あの氷山は速度四ノットで南東に移動してる」

「風のせいか?」とラスキーが訊《き》いた。

コーラは風速計をチェックした。風は真北から五ノット。船首にあるペナントの動きもそれが事実であるのを物語っている。「氷山の裏側が変な形をしてるんじゃないかしら。風を受ける帆の役目をしてるのかも」

不安を募らせたラスキー船長がスロットルを絞ると、〈グリーシュカ〉は這《は》うようなスピードまで減速した。「迂回《うかい》しようにも危険すぎる。あの下に何が隠れてるかわかったもんじゃない。ここで停まって過ぎるのを待とう」

ところが氷山は通過しなかった。海流と風向が組み合わさったかどうかは不明だが、浮かぶ巨岩は東への動きを止め、まっすぐ〈グリーシュカ〉めざして真南に進みだしていた。

コーラは胸を締めつけられた。「こっちに向かってくるわ」

「まさか」

「自分の目で確かめて」

ラスキーはスロットルを完全に切り、反転四半速の位置に入れた。古い船の反応は鈍く、振動しながら停まりかけると、ようやく後退を開始した。

「叢氷《そうひょう》のほうに逆戻りするの?」

「あいつに接近するよりましだろう。ほんのわずかな接触でも船体に穴があくぞ。一気に来られたらつぶされる」

勢いのついた〈グリーシュカ〉は、侵入してくる氷山との間にスペースをつくった。だが、まもなく船体を擦るような音が響きわたった。

ラスキーは機関を停めた。「氷岩だ。こっちが通った跡に流れこんできたんだろう。船尾に目を配りながら進まないと」

「わたしが見るわ」

コーラは携帯無線を取ってブリッジを離れた。梯子《はしご》で五層下のメインデッキまで降りると後方へ行った。誰とも出会わなかった。早朝だけに、乗組員の大半は眠っているのだ。船尾の昇降口付近で足を止め、保管庫からごついパーカを引っつかんだ。パーカに袖《そで》を通し、ジッパーを上げて表に出た。

たちまち身を切るような寒さに襲われ、風が顔と手を刺してくる。コーラは毛皮の付いたフードをかぶり、空いた手をポケットに入れた。

無線を片手に、探査用のEC130が駐機するヘリパッドを横切った。ヘリコプターの窓には霜が覆っていたが、ローターには特殊な防氷スリーブが掛けられていた。パッドを過ぎた船尾には大型ウインチのハウジングが二棟あり、その間を抜けて船尾の手すりの先を覗いた。

驚いたのは船の後退速度が上がっていることだった。深いバリトンの響きが、小さな氷の塊《かたま》りが脆《もろ》い船体部分に当たっていることを示している。すぐ近くに浮かぶ氷塊はさほどの脅威ではないが、より大きな氷岩が複数、針路にはいってきていた。

コーラは無線を口もとに寄せて通話ボタンを押した。「船尾後方に白氷よ、船長。少なくとも三つの塊りに分かれてる。まともに受けたらだめ。スクリューや舵《かじ》をやられないようにしないと」

スクリューは回転をつづけ、勢いを得た船の振動は増していた。

コーラはふたたび通話ボタンを押した。「船長、聞いてる？」

船の汽笛が三度鳴った。衝突警報である。ラウドスピーカーに船長の声が流れた。

「衝撃に備えろ。総員、衝撃に備えろ」

フードをかぶって周辺が見えていなかったコーラは、後ろを振りかえってぎょっとした。右舷船首方向から氷の壁が影のごとく迫ってくる。〈グリーシュカ〉の速度はものともせず、急接近して斜めからかすめるように当たった。

接触の拍子に〈グリーシュカ〉は一五度傾いた。船体を擦るようにした氷山は、何千ポンドもの汚れた雪をデッキ上にぶちまけた。

コーラは最寄りのウインチ・ハウジングのそばまで飛ばされていた。無線を取り落とし、打ちつけた肋《あばら》のあたりを手で押さえた。

氷と鋼《はがね》の擦過《さつか》する音が激しくなり、そして弱まったのは〈グリーシュカ〉と氷山が一体化し、動きを止めていったからだった。機関が停止した。傾きをもどした船のデッキに、さらに雪と氷が落ちた。

そのとき、コーラは現実離れした思いにとらわれていた。船が氷山にぶつかったのではなく、氷山のほうから船を襲ってきた。そして、もっと不思議な景色が現われた。氷山の縁から、唐突に半ダースものロープが投げられた。宙を飛んだロープは鈍い音をたてて〈グリーシュカ〉のデッキに落下した。

ロープがデッキに落ちるまえから、冬用の迷彩服を着た男たちが降下をはじめていた。背中にアサルトライフルを背負い、ナイフを収めた鞘《さや》を腿《もも》に巻きつけている。白いフードにゴーグル。つぎつぎ降り立った男たちは散開し、その背後に掩護《えんご》の人員がつづいた。

この状況を察知したコーラはデッキに転がった無線をつかみ、船長に知らせようとしたが、連絡がつくまえに銃撃が起きた。

コーラはあわててウインチ・ハウジングの陰に隠れると声をあげた。「船長、侵入者よ。後部デッキに銃を持った男たちがいる。彼らは――」

さらなる銃声が彼女の言葉を呑《の》みこんだ。無線越しに船長の声がした。〈船首側にもいる。避難しろ。いまこちらから――〉

無線からマシンガンのたたみかけるような銃声が聞こえて、通信が途絶えた。

コーラは悲鳴を押し殺して周囲を観察した。叫声《きょうせい》があがる。船内とデッキの下でくぐもった小銃の発砲音がした。

はたして抵抗の手段はあるだろうか。反撃しようにも武器はなく、できてせいぜい消火斧《おの》を手に立ち向かうぐらいだった。

行動に移る間もなく、〈グリーシュカ〉の科学班のひとりが後部昇降口から飛び出してきた。男はヘリコプターに向かって走ったが、行き着くことはなかった。氷山の端に配された狙撃手《そげきしゅ》が、慈悲もない精確さで仕留めた。

その直後に同僚がもうひとり、船内でくりひろげられているらしい修羅場から逃げ出してきた。こちらはコーラが隠れていた船尾のほうにまっすぐ駆けてくる。

「伏せて」とコーラは叫んだ。

ライフルの鋭い銃声がした瞬間、男の身体は前方に跳び、コーラが隠れる場所から一〇フィートのあたりで転がった。男はうつぶせのままコーラを見つめた。助けに出ようとするコーラに首を振った。

いまさら後戻りはできない。コーラは本能に衝《つ》き動かされた。前に走り出て男の腕をつかみ、力のかぎり引いた。

途中まで引きずったときに、狙撃手がふたたび発砲した。

銃弾が秒速三〇〇〇フィートでデッキをよぎった。ほぼ直線の軌道を描いた弾丸だが、吹いていた風と、氷山と合体したままの船の横揺れ《ローリング》の影響をごくわずかに受けた。その両方が重なったことで、狙《ねら》いは半インチだけ標的をはずれた。

銃弾はコーラのフードの後ろ側に命中し、羽毛と繊維と、毛皮と血が宙に舞った。

小麦袋さながらに倒れたコーラは、死にかけていた友人の身体に顔を埋めた。

コーラはそのまま横たわっていた。コーラの頭を包んだ白いフードの残骸《ざんがい》はじわじわと鮮血に染まっていった。

氷山の縁で、狙撃手は仕事の出来ばえを確かめていた。

傍らにいた監的手も同じようにしていた。「頭だ。ふたりとも死んだ」

狙撃手はうなずき、ライフルの銃把《じゅうは》に二個の印を刻んだ。すでに入れられた十数もの印には、古いものも新しいものもある。

デッキ上が片づき、殺した人数の刻印もすませると、狙撃手は無線を手にして部隊にメッセージを送った。「後部デッキは終了。船内の状況は？」

〈ブリッジ、終了〉と応答があった。〈乗組員の抵抗はない。ほぼ全員が制圧された模様。われわれはいま倉庫にいる。ここにかなりの量の物質があるのはご承知おきを。まだ時間がかかりそうです〉

狙撃手はうなずいた。聞かされていたとおりだった。「上に運び出せ。急ぐんだ。われわれがここにいるのを知られるまえに爆弾を仕掛け、この船を海底に沈めなくてはならない」

2

激痛がコーラの肉体を苛《さいな》んでいた。ちがう、これは痛みではなく感覚が欠落しているのだ。

目を開いても、見えるのは暗くぼやけたデッキだけだった。コーラは動こうとした。力を振りしぼり、どうにもぎこちない動作で身体をねじると多少ましな姿勢になり、やっとのことで上半身を起こした。

ふと手ひどい間違いを犯した気がした。ドラムが鳴ったように頭が疼《うず》き、目が眩んで吐きそうになった。

目をつむり、冷たい風に頬《ほお》をさらすと気分もましになった。感覚がひとつひとつもどってくるまでじっと座っていた。

まず凍りついたワイアを吹き抜ける風の音が聞こえ、つぎに船の機関の振動が伝わってきた。〈グリーシュカ〉はうねりのなかをゆっくり進んでいるらしい。そこで気づいた。航行中なのだ。

コーラはパーカのフードを下ろし、おそるおそる片目をあけた。見えたのは青い空と溟《くら》い水。一日が終わろうとしている。氷山は消えていた。この船だけだった。

デッキについた両手が血まみれになっていた。すぐ隣りに、なかば折り重なるように横たわる死体があった。そこで記憶がよみがえってきた。氷山、銃を持った男たち、銃撃。

立ちあがろうとしたが無理だった。そこで後部昇降口まで四つん這いで進んだ。扉をあけて船内に身体を入れた。

風と氷点下の気温から逃れると、肌に温《ぬく》もりが差した。なぜか痛みをおぼえた。顔がひりついたが、手足の感覚はもどらない。

伸ばした手が変色し、白く水泡ができている。凍傷の初期症状だった。損傷の程度からして、両方の指を少なくとも三本ずつは失うことになるかもしれないと思った。命を失《な》くすよりはましだ。

力がもどってくると手がかりを頼って立ち、そのままブリッジに向かって進んだ。惨劇の証しは食堂にあった。壁に血が飛び散り、死んだ乗組員たちはその場に残され、足もとには薬莢《やっきょう》が転がっている。

ブリッジに達したコーラは扉を押しあけた。船長と甲板長《かんぱん》が床に倒れていた。ふたりの身体は銃弾でハチの巣にされていた。

コーラはラスキー船長の傍らに膝をつき、はかない期待をいだいて脈を探ったが、船長は冷たく固まっていた。「どうしてなの？」コーラは嗚咽《おえつ》を洩《も》らした。「わたしが何をしたというの？」

罪の意識に襲われたコーラの頬に涙が伝った。この残忍な攻撃を招いたのはわたしだ。わたしがあれを発見したからみんなが標的にされた。そして、なぜかわたしだけが生き残った。

すすり泣きはすぐにやんだ。疲れ切って、これ以上の感情を呼び覚ますことができなかった。不思議なビープ音に気を惹かれた。

ふたたび立って舵輪のほうへ行った。船は西の方角に航行していたが、操縦する者はいないのだ。

ブリッジの窓から外を見やった。前方に開ける海には白波が立ち、ところどころ氷塊が浮かんでいる。

無線設備は銃撃で破壊されていた。どこかから甲高《かんだか》い警報音がする。損傷対策用のコンソールに視線をやると、パネルのインジケーターが点灯していた。

下部デッキが浸水。ビルジポンプが作動しているが、水密扉は開放の位置にあった。〈グリーシュカ〉の船体は沈んでいた。うねりに翻弄《ほんろう》されている感じがした。ポンプで処理できる以上の水がはいってきているのだ。

もはや救援要請はあきらめた。水の上昇を止めないと、〈グリーシュカ〉は救助の手が届くまえに沈んでしまうだろう。

コーラは負傷した足で可能なかぎり急いでブリッジを出た。中央階段を下層まで降り、大半の時間をすごしてきた小さなラボの近くまで行った。

ラボは荒らされていた。そこらじゅうが引っかきまわされていた。「でしょうね」とコーラはひとりつぶやいた。「そのために来たんだから」

いまさらどうということはない。何より大事なのは船を救うことだった。ラボを過ぎ、チームでひと月かけて氷河から採集した何百という氷床コアを保管する冷凍庫へ行った。

低温に保たれた区画もやはり空で、氷床コアは持ち去られていた。

この区画の奥に円形のハッチがあった。そこからビルジに至る梯子が掛けられている。水夫たちはそこを〝小窓〟と呼んでいた。

その小窓から下方のデッキを洗う海水を眺めた。隠れた穴からはいりこんだ水が激しく泡立っている。

小窓を降りて足を入れると、水はふくらはぎまで達した。隣りの区画から扉下の敷居を越えて流れこんでくる。扉は閉じていたが適切に密閉されていなかった。

驚きはなかった。嵐《あらし》に座礁《ざしょう》、少なくとも二度の衝突をくぐり抜けてきた建造後四〇年という船舶なのである。経年と酷使により、船の骨格に見えないダメージが溜《た》まっていた。その結果、隔壁がわずかに歪《ゆが》んでハッチの水密性を保てなくなったのだ。

凍りそうな水に膝まで浸《つ》かりながら、コーラは必死で知恵を絞った。

一か八か損傷対策をやってみようと思った。作業台からタオルとパイプを一本手にした。タオルを巻き、パイプを使ってそれを湾曲した隙間に押しこんだ。壊した椅子《いす》の木片も同じように詰めていった。

立ちあがったとたん目が眩んだ。後ろによろけてバランスをくずしそうになった。パイプを落とし、倒れないように梯子をつかんだ。

眩暈《めまい》がおさまると作業の出来を確かめた。海水の流入量は半分に抑えられたが、いまも止まらず流れこんできている。この調子だと水は下層デッキを満たし、いずれは密閉が不充分な隙間や小窓を通って上がってくる。

沈没は避けられそうになかった。

くたびれ果てたコーラはその時を思ってうなだれた。だが肉体は消耗しても、頭脳はまだ活発に働いていた。

あきらめるわけにはいかない。長く追い求めてきたものを奪われたままでは。友人や同僚たちを殺されたままでは。

NUMAで訓練したころのことを思いだした。船の沈没を阻止《そし》する方法はある。あるはずだ。

コーラは周囲に目をやり、小窓の先の貯蔵庫を見あげた。ひとつアイディアが浮かんだ。その思いつきに頰笑《ほほえ》まずにいられなかった。

残ったエネルギーをすべて費やして梯子を昇り、そこで死にかけの船を救うためのものを見つけた。

3

ワシントンDC
ポトマック川

身体を反らしたカート・オースチンの顔を冷たい風が叩《たた》いた。右手は索を引き、左手は舵柄《だへい》を握っている。

三角帆が、身が縮むほどの北風をいっぱいに孕《はら》んでいた。カーボンファイバー製のマストが前にしなるほどの力で、オースチンの小型船艇は猛スピードで進んでいる。

風力を得てポトマック川を滑走するこの船は、しかし帆船でもスクーナーでもない。オースチンが操っているアイスヨットは三脚型で、細長い形をして船底にランナーを具えたものだった。船首に一枚のブレードが、残る二枚が両舷側《げんそく》にある張り出し浮材《アウトリガー》に取り付けられている。

ステンレス鋼のランナーは日本刀を思わせる形状で、その鋭いブレードが凍結したポトマックの川面《かわも》に乗り、厳しいコーナリングと直線での高速滑走を可能にしていた。オースチンは前方の明るい彩色をほどこされたパイロンをめざし、一気に接近していった。速すぎる。

そこで索をゆるめ、帆からいくぶん風を逃した。と同時に身体を右から左に振った。ふたたび座って背を反らし、ターンにはいった。

アイスヨットは鋭く切れこんでパイロンを回った。船首のランナーがけたたましく氷を削った。それでも耐えて氷をつかんでいた。

オースチンの奮闘にもかかわらず、後部の一方のランナーが宙に浮き、片側のブレードだけで走って艇全体が傾きかけた。オースチンは前に身体を投げ出して筋肉に力をこめ、ヨットの転倒を防いだ。

ヨットをまっすぐ向けると傾斜する力が消え、足もとのランナーが氷上にもどった。三枚のブレードが氷をとらえると、ヨットは前方に飛び出した。

オースチンが着けていたヘッドセットに安堵《あんど》の声がした。〈危なかったな、カート。一瞬、救急車を呼ぼうかと思ったよ〉

「公園を散歩するようなものさ」とオースチンは応えた。「でも、とりあえず番号は手もとに置いといてくれ。おれたちは難破しないともかぎらない」

回線のむこうの声はオースチンの親友、ジョー・ザバーラのものだった。ザバーラはアイスヨットの製作に手を貸して、帆とファイバーグラスの船体を担《にな》った。〈〝あんた〟だけだ。そのヨットに〝おれたち〟はないな〉ザバーラは笑いまじりに言った。〈そのヨットにひと言申しあげると、こっちはそのマシンに三重の保険をかけてる。あんたがくたばったら、おれは大金持ちさ。だから存分にスピードを上げろよ〉

オースチンは声をあげて笑いながら、空力的に最適な姿勢を取った。ヨットは真後ろからの突風を受け、ザバーラのほうへとまっすぐ向かっていた。自己の最速記録を更新するならいまだ。

「一〇〇を出すぞ」

〈やってみろよ。ゴールに近づいたら速度を読みあげてやるから〉

オースチンはいま一度帆を引いて腕をたたみこむと、索を鋼鉄のグリップに巻いた。

人生の半分を海ですごしてきたオースチンだが、いわゆるヨットのセーリングを大いに楽しんだ経験はなかった。動きだしが鈍重で、通常速度に達するまで手がかかるわりに、作業の合間は手持ち無沙汰《ぶさた》になる。

アイスヨッティング――またの名をハードウォーター・セーリング――は、ヨットとはまったくの別物である。アイスヨットも帆船と同じく風を動力とするものの、鋭利なブレードのおかげで抵抗はほぼゼロで走っていく。三ケタの速度は目前にあった。凍結したポトマック川で、一〇日間の休暇を利用して日々の練習を積んだ結果、未踏の数字がすぐそこまで迫っていた。

〈九一〉とザバーラが言った。「残り一マイル」

オースチンが舵柄を軽くいじると、ヨットは一直線に走った。眼前には光る薄氷が一枚の曇りガラスさながらに伸び、視界の縁を雪が積もったポトマックの土手がぼんやりかすめていく。

〈九五〉とザバーラ。〈九六〉

指先に微妙な振動を感じた。思いも寄らない感触が、船体から舵を通して伝わってきた。

〈九七〉

ザバーラの声がしたが、耳にははいらなかった。たちまち振動がひどくなり、悪い予感が迫ってきた。舵が激しく揺れた。一方のランナーの固定がゆるみかけていたのだ。

オースチンは帆から風を抜いて減速をこころみた。

〈九八、カート——〉

舷外のランナーが甲走《かんばし》った音を発してはずれた。右舷が氷上に落ち、アイスヨット は右に振られた。船首のランナーが氷に食いこみ、船体の一部もろとも折れた。ファイバーグラスの破片が船首から飛んだ。そんな一片がオースチンの頭をかすめ、帆を切り裂いた。

その後は名状しがたい惨状を呈した。スピンしたヨットは滑って川縁につかまり、派手に転がった。カーボンファイバー製のマストがぽっきり折れ、張り出したポンツーンは船体の下に折りこまれ、帆がオースチンとヨットの残部に巻きついた。

さらに一〇〇フィート滑ったヨットは雪のある土手に突っ込んで跳ねかえり、ファイバーグラスと帆布の理解不能な固まりとなって停まった。

コクピットだった場所に囚《とら》われたオースチンは、やりすぎた自分に腹を立てながらも、ヘルメットと五点式ハーネスを着用していたことには感謝を忘れなかった。

破片を脇に払って身を起こした。ヘルメットを脱ぐと、氷上に映る己れの暗く歪んだ姿を目にした。すっかり乱れた銀色の髪。珊瑚礁《さんごしょう》の海を思わせるブルーの目は茶色に映り、眉間《みけん》の皺《しわ》のせいで三十八歳という年齢よりも老けて見える。ずっと自然のなかで生きてきた影響もあった。今回よりもっとまえに経験した事故のことは言うまでもない。

ヘルメットを置き、クイックリリースに手をやってハーネスをはずし、残ったシートから脱出した。身体を抜き出すと氷上をやってくるザバーラが見えた。ザバーラは片手に無線を、反対の手にスピードガンを持っていた。慎重に数ヤード駆けては巧みに靴を滑らせ、そうやってオースチンの二、三フィート手前で止まった。

「大丈夫か?」

「たぶんな」とオースチンは言った。「大破するまえに一〇〇まで達したと言ってくれれば」

スピードガンを眺めて頭を振った。「可哀そうに、アミーゴ。最高九八だ。こいつは壊れてるのかもしれない」

ブーツのスタッドグリップを利かせて立つと、オースチンはヨットを振りかえった。

「どうやらこのへんで壊れてないのはあれだけらしいな。あの保険の話が本当だといいんだが」

破壊されたアイスヨットの修理には何週間もかかるだろう。一から新品を造ったほうが早いかもしれない。いずれにしても、そのころにはポトマックの氷は解けて、川は流れる水を行くヨット乗りたちの天下にもどっている。

ザバーラが言葉を返すまえに電話が鳴りだした。ザバーラはスピードガンを下に置くと、コートの内ポケットから電話を抜いた。「こちらザバーラ」

スピーカーモードにはなっていなかったが、相手の大きな声はオースチンにもはっきり聞こえた。その声の主はオースチンとザバーラが働く国立海洋海中機関《NUMA》のナンバー2、ルディ・ガンだった。

NUMAは米国政府の機関で、海流や海洋生物の研究から沈没船、それも歴史的・戦略的価値がある船の引き揚げまで、海事にまつわる広範囲の事象を対象としている。ルディ・ガンは補給および作戦の専門家である。日常業務の大部分に携わっている。またオースチンとザバーラの直接の上司でもあった。

ガンの話の最中に、オースチンはザバーラに向かって手をひらひら動かし、〝おれはここにいないぞ〟という万国共通の合図を送った。

ザバーラはそれに取りあわず、「じつはいま、すぐ横に立ってるんだけど」と答えたうえに「なんでそちらの連絡を無視するのか見当がつかないな。もしかして性格上の欠陥があるのか、権威ある相手を侮《あなど》る病気なのか……そうだ、あいつはNUMAでの仕事を愛するあまり――」

「電話を貸せ」とオースチンは言った。

ザバーラはにやつきながら電話を差し出した。

オースチンは電話を耳にあてた。「どうも、ルディ、何かご用件でも？」

「手始めに」ガンが言った。「きみは私の電話に出られるはずだ。少なくとも、私が残した七個のメッセージのうちひとつには応答できるだろう」

オースチンの知るなかで、最も温厚な人物であるルディ・ガンが声を尖らせている。

オースチンは空いた手で上着のポケットをたたいた。「電話をどこかにやっちまったらしい」そして残骸のほうに目を向けた。「ヨットに置き忘れたかな」

「ヨットだ？」とガンが言った。「どうやらきみには金を払いすぎてるようだな」

オースチンは笑った。「いまはぼろ家同然でね。七回も連絡をくれるなんて、よほどの理由があるんでしょうね」

ガンは一気にギアを上げた。「きみとジョーとでオフィスまで来てもらおう。ふたりにやってもらいたい任務がある」

オースチンは特別任務部門の長だった。NUMAに降りかかってくる、あらゆる異常事態に対処する立場である。そうした場合、いきなり世界の遠くの場所まで飛ばされたりすることが多い。しかも、危機一髪のシナリオが抱き合わせであったりする。

ルディ・ガンの声からは、そんなシナリオであることが伝わってきた。「一五分後に」

ガンはその時間を了承して通話を切った。オースチンはザバーラに電話を返した。

「当ててみようか」とザバーラは言った。「冬休みが終わった」

うなずいたオースチンが伸びをして身体をねじると、三個の椎骨《ついこつ》が音をたてて、うまく元にもどった感覚があった。「それもタイミングよくね。ここにいると怪我《けが》しそうだからな」

4

ワシントンDC
NUMA本部ビル

アイスヨットの残骸を土手まで引きずっていくと——後で間違いなく片づける旨のメモを残したうえで——オースチンとザバーラは凍結した川沿いを歩き、ポトマック川を見おろすNUMA本部の前まで行った。

土手を登って通りを渡り、ビルのエレベーターで七階へ上がった。廊下は暖かく、シナモンの芳香が漂っていた。週末のスタッフが、スパイスをたっぷり使ってホットチョコレートをつくったのだ。

ザバーラが深々と息を吸った。「ここでこんないい匂いがするなら、休みの日でも喜んで出勤するけどね」

「事実、きょうのおれたちは非番だ」とオースチンは釘《くぎ》を刺した。

「非番だった」とザバーラは応じた。

通り過ぎた空のオフィスには、ライトを光らせたままの小さなクリスマスツリーが置かれた部屋もあった。明かりが煌々《こうこう》と灯《とも》る会議室に行くと、そこでルディ・ガンが待っていた。

ガンは細身で身長は低いが、有能かつ厳しい男だった。まっすぐ立って腕時計に目を落とした。「一六分四三秒。遅刻だ」

「ポトマックで事故があったもので」とオースチンは冗談まじりに言った。

「ポトマックで？　それは環状道路《ベルトウェイ》でということか？」

「川ってことさ。ぼくらは氷の上で、ジョーがぼくのアイスヨット用に設計した新しい帆をテストしていた。残念ながら、それがあまりうまくいかなくて。マシンの他の部分がスピードに対応できなかった」

ザバーラが異議を唱えた。「どっちかって言うと、パイロットのミスだね」

「あるいは構造上の欠陥か」オースチンは切りかえした。

ガンは微笑した。オースチンとザバーラがマシンを造っては壊すことには馴《な》れている。それもたいがいはＮＵＭＡの開発予算に計上される高価な試作品である。

「アイスヨットの正体はさっぱりわからないが、とりあえずこちらで払ったものじゃない。それより、きみたちふたりは寒さが気にならないらしい。これから行ってもらう場所を思うとうってつけだ」

オースチンは上着のジッパーを下ろして席に着いた。「厭《いや》な予感がするな」

「同感だ」とザバーラが言った。コーヒーマシンに歩み寄り、あるはずもないシナモン・ホットチョコレートを探した。「で、われわれはどんな目に遭うんだろう?」

「説明しよう」ガンは照明を落とすと、リモコンで大型フラットスクリーンをオンにした。「けさ早く、うちの衛星が南アフリカと南極海岸の間の南方海上を通過した。これは標準の高解像度画像をワイドにスキャンしたものだ。ここを走査したのは海氷の融解と、最近になって氷山がどの程度分離したかを検証するのが主な目的だった。案の定、大量の氷山を発見した。あと、それとはまったくの別物もだ」

ガンはリモコンをクリックした。画面上に広角の画像が表れた。雪が舞う暗い大海。隅に付された数字によって日時と経緯度が示されていた。

「つまり、あなたは大南極海を発見したわけか」とオースチンは言った。

「よくおわかりだな」ガンはふたたびリモコンをクリックして、画像内の白い点の一個にズームインしていった。

それは一見、小さな氷山のようだった。しかしガンがズームしていくにつれ、画像は一隻《せき》の船をかたどっていった。さらに拡大されると船の三次元構造が映し出された。船首の幅が広く、上部構造物が高い。居住ブロックの最上部にあたる四角い一部分と、船尾のヘリパッドに駐機するヘリコプターを除き、一面が白霜に厚く覆われていた。

「がちがちに凍ってる」とオースチンは言った。

「それに傾いてるな」とザバーラ。

「捕鯨船やトロール漁船には見えない。船尾にヘリコプターがある。軍用じゃない。探査船だな」

「そう」とガンが言った。「われわれはケープタウンを出港した科学探査船であることを確認した。最新の名前は〈グリーシュカ〉、建造から四〇年経ち、七人の船主の間で五つの船名がある」

「南アフリカ海軍に遭難警報は出したんですか?」

「まだだ」とガンは答えた。

オースチンは眉《まゆ》を吊《つ》りあげた。「そうするのが賢明な気がするけどな」

「普通の状況ならそうだ。だが今回は特殊なケースで、まずはきみとジョーに調査をしてもらいたい」

「〝調査する〟というのはつまり、そこまで飛んで乗りこんでいき、どうしてこの船が海の冷凍食品コーナーにいるのか突きとめるってことですか？」

ルディ・ガンはうなずいた。

ザバーラが指を立てて口を挟んだ。「その船がワシントンから、地球上で行ける最も遠い場所にいることはご存じですよね？」

ガンはうなずいた。「ああ、ミスター・ザバーラ。私も地球儀を持ってるんでね」

「じゃあ、ぼくらを派遣する理由は？」とオースチンは訊いた。

「船にコーラ・エマーソンが乗っているからだ」

その名前が出たとたん、沈黙がひろがった。コーラはNUMAの元職員で、才能ある科学者である。ガンがワシントンに招いて、組織には三年間在籍した。独立するまではとりわけオースチンとガンに近い立場にいた。しかもよく問題を起こした。

「それは確かなんですか？」

「確実というわけじゃない。だが、ある時点で乗船していたことはつかんでる。彼女が集めた調査隊はケープタウンでこの船をチャーターした。出港は四カ月まえ。それから船がどこへ向かい、どこにいたのかはわからない。港長の記録によると、いまなお南アフリカにはもどっていない」

オースチンは画面上の凍りついた船に目をもどした。

「邪魔して申しわけないけど」とザバーラが言った。「話がさっぱり見えなくて。そのコーラ・エマーソンって、いったい誰なんだ？」

ガンが説明した。「コーラは気象の専門家としてＮＵＭＡに勤務していた。海外で数年働いたあと、ＵＣＬＡの博士課程にいたところを引っぱった。もともと現場での活動に優れていて、野心にあふれていた。うちに来れば輝くと思ってワシントンＤＣに連れてきたんだが、世界の環境政策に抜本的な変化をもたらそうという彼女に、政府の仕事というのは息苦しかった。それで辞めた」

「二度、ぼくの記憶に間違いなければ」とオースチンは言った。「最初の辞表はそちらで破棄して」

ガンに悪びれた様子はなかった。「われわれは彼女を引き留めておきたかった。できる人間にはそうするものだ」ガンはザバーラを振りかえった。「全員が彼女を翻意させようとした。カートを除いた全員が」

オースチンはこの意見の相違を蒸しかえす気はなかった。ルディとはおおむね認識が一致するのだが、三年まえ、コーラが突然辞職を言いだしたときには珍しく衝突した。

じつはオースチンのほうからコーラにアドバイスしたというのが真相だった。「コーラには自由が必要だった。そういうのはDCのスポットライトを浴びる大きな政府機関で働いて得られるものじゃない。ぼくからは、きみは思うことをやればいいと話した。最後は彼女が自分で決めた。われわれみんながそうするように」

ガンはうなずいた。「不幸にも、その決断が彼女に冷たく厳しい結末をもたらすことになったのかもしれない」

オースチンはもう一度スクリーンを見た。凍りついた船は暗く漂流している。死んでいるように見える。ルディは乗員全員が同じ運命にあると考えているらしかった。

「なるほど。どういうことです？」

ルディ・ガンは目を細めた。「というと？」

「つまり、この地域で最小の氷山の半分ほどしかない凍った船を、通常の気象衛星が偶然見つけるなんて可能性はゼロだ。その気で捜さないかぎり船が見つかるわけがない。もっと肝心なことを言えば、そこにコーラが乗ってるなんてどうしてわかるんだろう？」

ガンの張り詰めた雰囲気が若干やわらいだ。「それは九週間まえに、本人からのメッセージを受け取ったからだ。コーラは棚氷で、チームとともに途方もない発見をした。世界を造り変えるほどの力を持つものだ」

「世界を造り変える?」とザバーラが言った。「それはまた力強い宣言だな」

「誇張もあるかもしれないが、そこはコーラの思いも理解してやらないと。四十歳になるまでに地球を救えなかったら、彼女は自分に失望するだろう」

ルディの言い分は正しい。「そのメッセージに他の内容は?」とオースチンは訊ねた。

「発見に関する詳細はなかった」とガンは答えた。「ただ南極からもどったら、われわれと情報を共有すると約束してきた。それよりコーラの懸念《けねん》は帰還することにあった。この発見について、日の目を見せたくない連中がいるという話だった。本人の言葉によれば〝強大な、資金力のある連中〟だ。その正体は不明だが、コーラのチームは南アフリカを出港する段階で邪魔立てされ、氷上に出ていたときには監視されていたらしい」

「監視されていた?」

「キャンプから発信したものじゃない高周波の電波信号を受信したそうだ。また遠くに飛んでいるドローンを何度か目撃したと。そこはまだ、こちらでは確認できていないが、遠く南極でドローンが行き交っているという話は寡聞にして知らない」

オースチンはうなずいた。

「彼らは三週間まえの真夜中に、見張っていた連中を出し抜こうとキャンプを出た」とガンは補足した。「ケープタウンに着いたら連絡を入れるとコーラは言っていた。それが果たせなかったらしい」

オースチンは顎《あご》を引き緊めた。情報がふえるにつれ、状況は悪くなるばかりだった。

「そのメッセージを共有してくれればよかったんだ。ぼくらで手を貸して彼女を護ることもできた。氷の上で合流して、家までエスコートして」

ルディ・ガンはテーブル越しにオースチンを見つめた。ふたりの間に緊張が走っても、そこにはおたがいにたいする最大限の敬意があった。「信じてくれ、カート、もし彼女の居場所に見当がついていれば――ごくわずかなヒントでもあったら――私はきみたちを九週間まえに派遣していた。だがコーラはその情報を示そうとはしなかった」

オースチンはうなずいた。その言葉を正直に受け取った。画像に目をやると、「赤外線カメラが捉《とら》えたものは？」

「船は冷え切ってる。冷たいままだ。機関は停止している。バッテリーも切れてるようだ。上部構造物の最上部にわずかな熱プルームが認められるが、ほかは外気と同じ温度だ。それもあって発見が難しかった。自動走査では一個の氷山として見逃されていた。旧式のやり方で捜すしかなかった」

「熱プルームの原因は何だろう？」とザバーラが訊いた。

「判断はつきにくいが、上部構造のてっぺんにあるソーラーパネルが機能しているんじゃないか、というのがわれわれの推測だ」

「つまり、電気はあってもライトは点《つ》かない、無線連絡もできない、救難信号も発信できないと」

ガンは首肯した。「それは電気を使う人間が乗っていないか、あるいは動かせる装置がないかということだ」

オースチンの気分はますます沈みこんでいった。電気は熱を、熱は命を意味する。

「その海域に船はいないのか？」

「最寄りにいる船舶は〈プロヴィデンス〉。深海の海流を調査するクラス1の探査船だ。現在は一五〇〇マイル離れている。きみたちふたりが着くころには、ヘリコプターの航続距離内にいる」

オースチンは立ちあがった。手順は心得ていた。彼とザバーラを乗せる飛行機が、ダレス国際空港で待機している。「荷物をまとめるぞ」

そこでガンが待ったをかけた。「たしかに、コーラとは完全に意見が一致していたわけじゃないが、それでもわれわれの仲間だった」

オースチンも同じ思いでいた。「できれば彼女を連れかえってくる」

「それができなければ」ルディ・ガンは言い添えた。「彼女の身に何が起きたかを知りたい。そして誰のせいなのかを」

5

南極大陸、クイーン・モード・ランド、ホルツマン氷河
〈ベース・ゼロ〉

ホルツマン氷河の縁に、半ば雪に埋もれた小さな建物が並んでいた。鈍い白に塗られ、マッシュルーム形の屋根を持つ各建物は接して周囲に溶けこみ、上からはほぼ見えないようになっている。そこに居住施設の存在を示すものがあるとすれば、雪のなかを中心から各戸に向けて掘られた溝だけである。

これらの溝はつねに利用されているわけではなく、基地が設置されて以来数カ月のあいだに一〇フィートもの雪が積もっていた。皮肉にも、この堆雪は嵐による降雪がもたらしたものではない。南極大陸上空の空気は非常に乾いており、雪はさして降らず、この地では毎年五インチ程度の積雪だった。ただ気温が年間を通して低いので、

降った雪が解けることはない。ひたすら吹き溜まっていく。

大陸に吹きわたる強風は、海の潮流のごとく風景を削っていく。ある部分は剝き出しにされ、未開の土地のオアシスのような場所が出来る。かと思えば雪がやたらに吹き寄せ、しまいには地表にあったものが隠れ、忘れ去られてしまうほどの雪溜《ゆきだ》まりになったりする。

〈ベース・ゼロ〉はそんな先行きの知れない地表にあった。南極の夏は乗り切ったものの、冬の終わりには吹き溜まりに吞まれてしまうだろう。このベースを築いた男女はみな、そのことを重々承知していた。それどころか計算に入れていた。

毎年冬か夏になると、土台の上に建物をたてていく国際的科学者たちとはちがい、〈ベース・ゼロ〉の建設者には、端《はな》からそこに暮らす人間を永遠に消し去ろうとする意図があった。

その窮屈な前哨《ぜんしよう》基地に、大半の者たちが喜んで別れを告げるのだが、従者たちから〝氷の女王〟と呼ばれる瘦《や》せた女性だけはそれを悲しんでいた。

こんな静けさが他のどこにあるというの？　このすがすがしい空気と人に関わらない穏やかな毎日が？

この場所を離れるのは、人いきれのする汚れた世界にもどることを意味する。誰かがその軌道を変えないかぎり、日々悪くなっていく世界に。

彼女はメインの建物を出ると、居住施設から付近の氷河へとつづく溝に進んだ。目を保護するゴーグル、顔には分厚いスカーフを巻き、マルチレイヤードの帽子で頭と耳を覆った姿はアスペンかサンモリッツに出没する人種にも見える。じっさい目にふれるのは尖った鼻と、帽子からわずかに逃れ出たブロンドの髪だけだった。三叉路《さんさろ》に出ると左へ行った。小径《こみち》は登りになり、やがて凍りついた平原のなかに出た。

昼の陽射しを受けて雪が燦めいていた。地吹雪のなか、遠くに山の地形が見える。その山の先一二〇マイルが世界の底になる南極点である。さいわい、彼女の目的地はずっと近く——白く塗装されたうえに、防水帆布で擬装された小型の掘削装置だった。そこへ向かって歩く途中、衛星携帯電話が鳴って立ちどまった。

手袋をした手をコートの下に入れ、ホルスターから電話を引き抜いた。コードは発信者の身元を示していたが、その確認は単に手続きだけのことだった。接触してくる人間はひとりしかいない。

彼女は口もとからスカーフをはずして応えた。「連絡が早いわ。午後になるまで報告を入れる気はなかったんだけど」

「連絡が早いのは」と男の声が言った。「問題は予定どおりには起きないからだ」

「わたしたちに問題があると言うわけ？」

「ある。あるいは出てくる。じきに」

「何の話をしてるの？」

「おまえの友人のコーラと、NUMAにいる彼女のかつての同僚のことだ」と相手はにべもなく言った。「コーラのことではおまえに警告した。われわれの仲間にはならないと話した」

ブロンドの女は首を振った。「わたしたちにはコーラが必要だった。わたしたちが求めていたもののところまで導いてくれた。コーラが裏切ってNUMAと接触したことは、すぐにあなたに知らせた。そして彼女は死んだ。彼女のメッセージにNUMAが反応した形跡はないわ」

「おまえが知らない事実がある」男は引きさがらなかった。「連中の船が突然針路を変えた。南アフリカの海域で何週間ものんびり操業していたのが、現在はほぼ真南に向けて高速で航行している」

それはかんばしくないニュースだった。「こっちに向かってるの？」

「いや」

「だったら心配することもないでしょう」

「それが事実であってほしいものだが、こちらで針路を推定したところ、むこうの目的地がわかった。連中は〈グリーシュカ〉をめざしている」

「まさか。あの船はいまごろ海の底よ」

「あらためて言おう。おまえの自信たっぷりの言い分と現実が一致してほしいものだが。たしか、〈グリーシュカ〉には西への針路を採らせたんだったな」

「わたしたちから離れていくように」と女は言った。「沈むときには確実に湾から離れて、わたしたちの活動区域から出てるようにしたかったから。言っておくと、救難ビーコンはこちらで壊すまでもなく作動しなかった。だから誰かが捜索しようにも、船はいまごろ水平線の彼方《かなた》よ」

「たしかに水平線の彼方だ」と男は素気なく返した。「最低五〇〇マイルは離れた。しかし、いまも浮かんでいる。氷を集めながら漂流中だ。画像をこの目で見た」

想像もつかない話だったが、争ってもしかたない。「わたしたちに何をさせたいの?」

「アメリカ人たちは現場を捜索して、おそらくは船を引き揚げようとするだろう。それを確実に失敗させたい。戦術チームはどこだ?」

「〈ゴライアス〉に乗ったままよ。遅いし遠いから現場には間に合わない」

「だったらおまえがやるんだ。〈ブラントノーズ〉を使え」

「あの船は、遺伝子操作された標本をそちらに運ぶために待機してる。流用したら標本の遅れることになるけど。ダメージも受けるかもしれない」

男はしばらく黙っていた。「どっちが重要なんだ?」とようやく言った。「速度と秘密と」

「秘密に決まってる」と女は答えた。「でも忘れないで、〈ブラントノーズ〉に武器はないから」

「戦いは期待してない。現段階で〈グリーシュカ〉は遺棄船だ。傾いたまま漂流している。沈めてしまうのは造作もないだろう。一度めを失敗したからには、そっちでケリをつけてもらう。計算では相手を数時間は出し抜ける。秘密を維持し、証拠はすべて隠滅するんだ」

女は唇を嚙《か》みしめると反撃を放った。「それで標本は?」

「〈グリーシュカ〉の面倒をみてから運べ」

これ以上反論する間もなく電話が切れた。議論は終わった。なるようになれ。

電話をしまうと、急いで出発するまえにひとつ確かめておきたいことがあった。女は前に出て帆布の下にもぐった。操業エリアにはいったとたん、熱波が全身を包んだ。熱と湿気だ。

レンチを持った年上の男が歩いてきた。背は低いが肩幅は広い。手がまるでクマのようで、握られた特大のレンチが玩具《おもちゃ》に見える。

顔と首の傷痕《きずあと》が目立っていた。かつてベネズエラの油田で働いていたころ、爆発に見舞われたのだ。最低限の治療を施されたあと、金ももらえず放り出された。その後、〝氷の女王〟に拾われた。

それがいまや開眼して熱心な一味となった。他の仲間とともに、彼も死にかけた世界のありようを目にした――人間どうしが虚《むな》しく富をめぐって争い、自然を焼きはらっていくような、穢《けが》れて胸の悪くなる場所を。〝女王〟や仲間たちと同じく、そこを永久に変えてやろうという思いがあった。

「感じるかね？」と彼は言った。

もちろん、女もそれを感じていた。「掘削機がどうかした？」

「どうもしやしない。もう必要ないから止めたんだ」

「じゃあ、この熱はどこから来てるの？」

「おれたちは地熱層にぶち当たったのさ」男は顔の傷痕を苦しげに伸ばして笑った。

「穴には蓋をしたんだが、加熱蒸気がすごくて多少逃がしてやる必要があった。そうしないと圧力が高くなりすぎる」

「標的のまんなかを射抜いたわけね。すばらしい。深さは？」

「二〇〇〇メートル。およそ六〇〇〇フィート」

当然の疑問があった。「圧力は保《も》つの？」

作業監督はうなずいた。「おれを信じてくれ。熱はあんたの大甘な予測より多く存在する。これで必要なパワーと蒸気が手にはいるぞ」

女の顔に笑みが浮かんだ。作業員たちにとって稀に見るものだった。それが彼女を無慈悲ではなくやさしげに、恐怖の対象ではなく魅力的に見せた。彼女はたちまちそれを払いのけた。「うまくやって。もう冬至を二カ月過ぎて日が短くなってるわ。あと何週間かしたら、ここは住めなくなるから」

「長く暗い冬が来るのか」

彼女はうなずいた。「誰も知らない、長くて暗い季節よ」

6

南緯五九度
NUMAヘリコプター、ジェイホーク

ワシントンDCからの長旅でケープタウンに到着したあと、〈プロヴィデンス〉まで四時間、さらにオースチンとザバーラは三時間の休憩をはさんでNUMAのジェイホークの機上の人となり、〈グリーシュカ〉に向け飛び立った。

このとき、漂流船との距離は五〇〇マイル以上あった。予備燃料タンクを装備しても、帰投まえのヘリコプターに〈グリーシュカ〉上空でホバリングするだけの余裕はない。

「若干の追い風がある」とパイロットがオースチンとザバーラに告げた。「しかし、帰りは向かい風だ」

「長くはかからない」とオースチンは言った。「われわれをデッキに降ろすだけでいい」

パイロットがうなずき、オースチンはシートにもたれた。ヘリコプターの乗客席に陣取るオースチンとザバーラは、すでに心身のモードをDCでの日常業務から、過酷な環境での現場任務へと切り換えていた。

「おれの計算だと、現場まで二時間だ」とザバーラが言った。「あんたから真実をほじくり出す暇はあるな」

「真実とは？」

「コーラについての真実」

オースチンは驚きに頭を振った。「DCからケープタウンまでの一六時間もあったのに、いまさらおれを詰問するのか？」

「こっちは戦略を練ってたんだ」

「目蓋《まぶた》の裏で？」

「長いフライトを短く感じるには、あれがいちばんの方法なのさ。それに、今後の成り行きはわかってるじゃないか。いったん動きだしたら、睡眠は貴重品だ」

ザバーラの言い分は間違っていない。だがオースチンはなかなか寝つけなかった。

飛行中は何度かまどろんだが、コーラの記憶と彼女のたくらみにたいする疑念が湧《わ》いてきて目が覚めた。思考の糸はどれも、これから船上で目《ま》の当たりにするだろう暗澹《あんたん》たる可能性と結びついた。

コーラの調査行に関して判明したわずかな事実は、彼女の資金源がいかがわしく、およそ謎《なぞ》に包まれていることを指している。また彼らが南極大陸のどこに上陸しようと、国連もしくはその種の事柄を処理する各国機関の許可は受けていないだろう。NUMAの一員だったころとは大違いだ。

ザバーラは待っていた。「おれは粘り強いぞ」

「おまえが探してる言葉は〝しつこい〟だ」

「まあね。だから特ダネをくれよ。本当のところはどうなんだ?」

オースチンは溜息《ためいき》とともに白旗を掲げた。親友から二時間も詮索《せんさく》されつづけるのは耐えられない。

「コーラはルディが話したとおりの人間だ。つまり頭が良くて勤勉で、それでいて手に余る存在だった。ルディはチームのつぎのメンバーにとコーラを選んで、彼女に海軍士官学校でやるような指導育成プログラムをおこなった。海軍のプログラムもそうだが、指導者は責任をもって部下を成功に導いていこうとする。残念ながら、コーラが行動するたび、ルディの当たりは強くなった。ルディの毎回の叱責《しっせき》がしだいにコーラのやる気を挫《くじ》いていった。そのやる気こそがコーラの持ち味だったのに。結論としては単純だ。コーラはささやいてやることが必要な馬といっしょだった。ルディは彼女をばらばらにして、自分なりに組み立てなおそうとした。おれは納屋の扉をあけ放って彼女を自由にした」

ザバーラはうなずいた。その張り詰めた雰囲気がよく理解できた。「一度会えたらよかったのにな」と応じてから、その言いまわしのまずさに気づいて付け足した。

「いや、まあ、まだ会えるかもしれないけど」

「いいのさ」とオースチンは言った。「おまえらふたりはきっとうまが合っただろうな。結託してルディを早期退職に追い込んだかもしれない」

笑うザバーラの傍らで、オースチンはコーラをもっと引き留めるべきだったのだろうかと思いあぐねた。これは答えの出ない疑問だったが、この二四時間、自分の胸に一〇〇回も問いつづけていた。

「本人は辞めて幸せだったのかな？」

「ほっとしてたとは思う」とオースチンは言った。「組織に馴染む必要もない。指揮系統に煩わされることもない。揉め事もない。彼女は世界を変えたがっていた。地下のデスクからそれをやるのは難しい」

「ルディに連絡したのは、自分がうまくやったって知らせるためだったんだろうか?」

「そんな気もする」

ザバーラはうなずくと、あらぬほうに目をやった。友からはもう充分に聞き出していた。

オースチンは後ろにもたれて休もうとしたが、眠りは一向に訪れなかった。なぜコーラはこっちに連絡をよこさなかったのか。もし彼女が手を伸ばしてきたなら、何をおいても助けに赴いた。そのことを知っておいてほしかった。でも連絡は来なかった。

それからの二時間はなかなか進んでいかなかった。休息をとろうにも、気づけば時計の針を見つめていた。そうこうするうち、漂流する船の上空に差しかかった。

「難破船に接近」とパイロットがアナウンスした。「二マイル。減速して降下する」

近づきながら高度と速度を落としていくヘリコプターから、オースチンとザバーラは前方の様子をはっきり目に留めた。船はさながら氷像のごとく、表面全体が凍ったしぶきに覆われていた。

「姿勢が低いな」とザバーラが言った。「しかも見るからに右舷に傾いてる」

パイロットの声がした。「船に近づけてみようか？　それとも降下地点まで行くか？」

できれば船上のヘリパッドを使いたいところだったが、〈グリーシュカ〉のヘリコプターが、凍った竜さながらデッキに鎖でつながれていた。

「一度、船のまわりを回ってくれ」とオースチンは言った。「風の具合を確かめてから船尾まで行くんだ。ジョーとぼくでデッキに懸垂下降《ラッペリング》する」

パイロットは指示どおりに大きく旋回すると、一〇〇フィートまで高度を下げた。

円を描くヘリコプターの機内で、オースチンとザバーラは外に出る準備を進めた。音声作動式のヘッドセットを付け、凍結したポトマック川で履いていたような金属のスタッドを打った登山靴で足もとを固めた。バックパックには万が一生存者がいた場合にそなえて、医療用品と高カロリーの液体栄養補給剤を詰めた。

その他の用意もととのうと、ふたりはＮＵＭＡが探査用ジャケットと呼ぶ、保温性の高いぴったりしたコートを着た。軽量で断熱性にすぐれたこの防寒具は、バッテリー式のコイルで温められ、ケヴラー製の耐穿刺《たいせんし》性硬質パネルで装甲されている。パネルは防弾ではないものの、ナイフや残骸の尖った先端を貫通させることはない。ジャケットには追跡用ビーコンが一式組み込まれ、胸ポケットのある位置に取り付けられた二基のLEDライトは、襟のボタンをタッチすることで点灯する。わずかに下を向いたライトには暗中のものを照らし出し、発見した対象を空いた両手で扱えるという利点があった。

装備の確認をすませたオースチンは親指を立て、締めたハーネスをヘリコプターの扉に吊られたケーブルと接続した。

ザバーラも同じようにすると慎重に位置についた。

「その服の下にウェットスーツを着たか？」とオースチンは訊いた。

「もちろん。泳ぐつもりなのか？」

オースチンはラッペリング用のケーブルをつかみ、扉の外に投げる体勢にはいった。

「おれたちはこの船に何が起きたかを探るんだ。水面下に問題があれば、どっちかが水に濡れることになる」

そこはザバーラも織り込みずみだった。「そいつは特別任務部門の長の仕事だろう」

「信頼するアシスタントにお任せしない場合にはな」

すでにヘリコプターは〈グリーシュカ〉の反対側に回っていた。すると奇妙な光景が目に飛び込んできた。

「あれを見ろよ」とザバーラは言った。

ハーネスの調整を終えたオースチンは目を向けた。船の左舷側全体に衝突の跡があり、船体から氷塊が突き出ていた。その氷が成長して、船尾に向かって羽のように伸びている。

「何かと当たったんだ」

「これで氷山が原因だって可能性が高くなるな」

オースチンはまだ確信を持てずにいた。「とにかく調べよう。準備はいいか？」

ザバーラが同意してうなずき、オースチンはヘリコプターの扉をスライドさせてキャビン内に寒気の旋風を引きこんだ。ふたりはキャビン天井のアンカーにつながれた二組の重いロープを放った。扉が固定されると、ふたりはキャビンの開いた扉のほうへすこしずつ後ずさりするとロープをきつく張り、扉の縁に足を踏ん張って、ロープに体重を掛けながら身体を反らしていった。

ふたりは背後に視線をやると外に飛び出し、船に向けて降りていった。ロープを滑るようにしてウインチを使うより速く、ものの数秒で一〇〇フィート降下した。最後の瞬間に速度をゆるめ、完全に制御しながらデッキを踏んだ。

スタッドを打った靴が沈んで食いこんだ。霜が思いのほか深く、厚さが一インチにもなっているところがあった。ロープから離れたふたりは、ヘリコプターの後部にいる搭乗員に巻き上げの合図を送った。

「無事着船した」オースチンはヘッドセットに取り付けられたマイクに話しかけた。

「そちらの燃料の残量は?」

パイロットの応答はエンジンの唸《うな》りも運んできて、電気的に変換されたような音声がした。〈あと一〇分したら《プロヴィデンス》に帰投しないと〉

「ここでぐずぐずする意味はない。もうもどって、給油して待機してくれ。助けが必要になったら船に無線を入れる」

「この凍ったぼろ船はずいぶん信用されてるんだな」とザバーラが言った。

オースチンはあたりを見まわした。「海は穏やかで風も吹いてない、それにこの船は何週間も漂流してる。いきなり沈む理由もないだろう」

「おれたちがラクダの背骨を折る藁《わら》にならないかぎりはね」

オースチンは苦笑した。「おまえが楽天家でうれしいよ。じゃあ家探しをはじめようか」

7

ジェイホークが北へ去ると、〈グリーシュカ〉の凍ったデッキは静寂が支配した。船の外面は機械類も、平坦な部分もデッキから突き出した箇所もすべてが氷に包まれていた。

「これまで何隻引き揚げたんだっけ？」とザバーラが訊いた。

「数えるのはとっくにやめた」

「こんなのを見たことあるか？」

オースチンは首を振った。海軍時代にはサルベージの専門家として座礁船、漂流船、沈没船に計り知れない時間を費やしてきた。炎上する船の火と戦い、穴のあいた船体を補強し、沈むしかなさそうな船を暗礁から動かした。それこそあらゆるタイプの船を何十隻と調査しては引き揚げてきた。船には一隻一隻個性があり、難破船には各々の物語がある。

傲慢《ごうまん》なオーナーが酔って座礁させた高価なヨット。さんざん酷使され、乗組員の創意工夫によって生き永らえてきた錆《さび》まみれのフェリーは、もうすっかりくたびれて主人といっしょに走れなくなった飼い犬を思わせた。

〈グリーシュカ〉は世界の狭間《はざま》に囚《とら》われた幻のようだった。灰色の船は白く様変わりしていた。あらゆるワイアや上部構造の張り出した部分から、妙にねじれた氷柱《つらら》が下がっている。まさしく亡霊だったが、まだあの世へ行きあぐねていた。

「曲がった氷柱なんて見たことがないな」とザバーラが言った。

「伸びはじめはまっすぐだ」とオースチンは指摘した。「傾斜がひどくなって曲がったんだ。浸水が非常にゆっくり進んだってことだ」

「気をつけないと。上部構造物にあれだけの氷があると頭《トップ》でっかち《ヘビー》になる」

それはオースチンも理解していた。氷に覆われた船は、ほかに問題がなくても突如転覆する場合がある。「船の喫水が深くなかったら、とっくに横倒しになってるんじゃないか。おそらく、水のはいったコンパートメントがバラストの役を果たしてるんだろう」

「たぶんね。それに接触してる氷塊にフロートの効果があるのかもしれない。あれが離れたらあっという間に引っくりかえりそうだ」

不意に突風が吹き、船がぎりぎりと呻《うめ》き声をあげた。中央部のあたりでグラスの割れるような音がして、短剣の形をした氷柱がデッキに落ちて砕けた。

「あいつの下を歩くときには要注意だな」とザバーラが言った。

「足もとともだ」オースチンは雪が盛りあがって見える場所で足を止めた。目を凝らせば、それはデッキに凍りついた死体だった。男の顔を包んだ霜と氷を払いのけていくと、灰色の肌と男が着ているジャケットに出来た赤い丸染みが現われた。

「血だ」とザバーラが言った。「鮮やかな色をしてるのは、凝固するまえに凍ったってことだな」

「男は背後から撃たれてる」オースチンは険しい顔で言った。「生存者がいるとは期待してなかったが、これは幸先《さいさき》が悪い。船内に行こう」

ふたりはデッキを横切り、〈グリーシュカ〉のヘリコプターの傍らで立ちどまった。風防に霜が付着し、シートメタルには氷が張っていたが、ローターブレードと防水カバーで保護されたエンジン部分は、そのカバーもふくめて凍結していなかった。

「電熱線だ」ザバーラは隔壁からヘリコプターに通じているケーブルを指さした。

「カバーが温められてる。おれたちの上着と同じだ」

「それで衛星が赤外線信号を探知したわけだ」とオースチンは応えた。「ソーラーパネルが完全に凍結しないかぎり、電気が送りこまれる」

「こいつを使って船から脱出しなかったのが不思議じゃないか？」

「きっとチャンスがなかったんだろう」

ザバーラはヘリコプターに近づき、曲線のある風防の霜を擦り取った。内部は暗く、しかも空だった。

「船の他の場所も見てみよう」とオースチンは言った。「機関室は水浸しで使い物にならないにしても、補助動力装置を動かせるかもしれない」

ヘリコプターを離れ、ふたりは最寄りの昇降口に行った。そこもやはり凍った水によって固く閉ざされていた。

思い切り引いてもびくともせず、オースチンは氷を剝がそうと肩から扉に体当たりした。落ちた氷片を足で蹴《け》り飛ばして両手で引っぱった。扉は半分ほど開いて動かなくなった。その隙間からどうにか身体を押しこむことができそうだった。

「魅力より年齢優先で」ザバーラはそう言ってオースチンに先を譲った。

「たった六カ月の違いだろう」とオースチンは返した。

「でも、魅力は二七パーセント増だ」ザバーラも負けじと応酬した。

オースチンは笑いながら扉をすり抜けた。「おまえの数学に関しては研究が必要だな」

傾いた通路は雑然として湿っていた。開いた扉から射す光が、はいりこんだ湿気が凍って白くなった壁を照らした。先へ進むと、くすんだアボカドグリーンの地が見えた。薄汚れた塗装は補修の時期がとっくに過ぎ、ところどころ剝落《はくらく》している。

廊下の暗さにようやく馴れてきたころ、オースチンは襟元のタブに手をやってボタンをクリックした。ジャケットのＬＥＤがすぐに最高の明るさに点灯して、通路内に幅広く光を投げた。

脇に立ったザバーラも同じようにライトを点けた。ふたりの間で、通路は強力な投光照明を浴びたように照らしだされた。虐殺は外だけではなかったことが判明した。

デッキの後部で九体の死体が発見された。乗組員居住区では、五人の水夫が至近から撃たれ、ベッドに横たわっていた。

「この船を襲ったやつらは一気呵成《かせい》に乗りこんできたんだ」とザバーラが言った。

「戦いは一方的だった」とオースチンは応えた。「この連中はなすすべもなかった」

ふたりは生存者を発見する希望もなく捜索をつづけた。さらに階段で複数の死体を見つけ、ブリッジでは二名が斃《たお》れていた。船室へ向かう途中にあった科学ラボは明らかに異変を告げていた。

引出しとファイルキャビネットが開いたままで、中身は空っぽだった。デスクに電源コードとUSBケーブルが無造作に置かれていたが、そこにつながれていたと思《おぼ》しきコンピュータやラップトップはなかった。脇に放り出されたキーボード二台とマウスパッドを見れば、あとは推して知るべしだった。

「これは掠奪《りゃくだつ》の跡だ」とオースチンは言った。

残されたものを調べるなかで、プリンターの奥に挟まった紙の束が見つかった。

「面白いものでも？」とザバーラが訊いた。

オースチンは紙を繰っていった。うち一枚は冷却システムの再起動の方法を指示したもので、残る数枚はスケジュール表だった。気になるといえば、普通のコピー用紙にプリントされたモノクロの写真である。

そこに写っているのは、雪のなかに立つ数名の男たちだった。全員がごついブーツにヴィンテージの防寒服を着込んでいる。誰かが赤のインクで、ひとりの男の頭に角を描いていた。別のひとりにはヒトラーさながらの口ひげが乱暴に付けくわえられていた。彼らの正面に置かれた銘板にはドイツ語で〈ドイツ南極探査　１９３８‐１９３９〉とあった。板の下に飾られているのは、紛れもないナチスドイツの国旗だった。

オースチンは写真をザバーラに渡した。

「おっと、こいつは予想外だ」とザバーラは言った。

オースチンはうなずくと、残りの紙をめくっていった。ほかに写真の説明や落書きはなかった。研究チームが取り組んでいた課題について示唆《しさ》するものも見つからなかった。ザバーラから取りもどした写真をたたんでポケットに入れた。「つぎに行こうか」

隣接する区画には、部屋の幅いっぱいに設けられた空の長いラックがあった。ラックは天井まで棚があったが、なにも載っていなかった。

「低温貯蔵室だね」とザバーラが言った。「この棚は氷床コアの保管用に設計されてる。去年の夏、グリーンランドへ行くＮＵＭＡの船にこんな部屋を艤装《ぎそう》したんだ」

オースチンは棚の一枚に手をふれた。とくに冷たいわけではない。「氷はどうなったんだ？」

「盗まれたんだろう。システムがオフラインでも、ほとんどの氷は解けないはずさ。船全体がしっかり凍ってるんだから。船を襲った連中はまず間違いなく、コーラが発見したって話してたものを狙ったんだと思うね」

「そのコーラだが、まだ彼女とは出会ってない。捜索をつづける」

つぎの区画に進んだオースチンは、さまざまな制御装置や計器をそなえたコンソールの横で足を止めた。パネルに付いた霜をこすってみると、ＬＥＤの列が鈍いオレンジ色を発していた。「これは極低温ユニットのコントロールシステムだ。まだ機能してる」

「太陽電池パネルから電気が来てるんだろう」

「そうだな。しかし極低温ユニットが作動してるなら、この部屋の室温がほかと変わらないのはなぜだ？」

オースチンは自身の疑問にたいする答えを周囲に探し、断熱材を巻かれたホースに目を留めた。ホースは貯蔵用のラックではなく、冷却ユニットの側面から床を這い、小窓から下層デッキへと伸びている。

ホースを引いてみた。「びくとも動かない。下に行ってみないとな」

「喫水《きっすい》より下に潜ることになるぞ」とザバーラが戒めた。

「泳ぐより滑ることになりそうな気がする」

オースチンは丸い窓をすり抜けて梯子を下った。三分の二ほど降りたあたりで、足が冷たく濡れたものにふれた。踏みつけると靴が冷たいぬかるみにめりこんだ。

「半分正解だった」

「いつもよりはましだな」とザバーラは答えた。

オースチンはぬかるんだ足もとに視線を落とし、その区画を見渡した。胸の高さほどある水が塩分をふくんだ軟氷となり、壁には塩が付着していた。梯子から降りると太腿《ふともも》まで沈んだ。探査用の装備を通して冷たさが伝わってきたが、断熱ウェットスーツを着ていたおかげでそれも緩和されている。

梯子から離れ、極低温用ホースをたどって重い軟氷のなかを進んだ。これには驚くほどの労力が必要で、それこそ両足に五〇ポンドの重量を巻きつけて歩く感覚だった。船尾へ向かうにつれてぬかるみが固くなり、区画の端あたりはほぼ結氷しかけていた。そこから残りは氷に乗って這った。

船尾隔壁まで行くと氷は天井に接するほどで、区画の隅の部分は完全に凍っていた。オースチンは正面にある水密扉の上辺を観察した。極低温用ホースもそこで氷から出て、弧を描いてふたたび氷中に没していた。

オースチンがその配置を調べているところにザバーラが追いついてきた。「おれたちが手足を凍らせずにここまで来たのは、船のかき氷機を見つけるためだったってことか」

「もっといろいろ見つけた」とオースチンは言った。「ハッチを見てみろ。かすかに開いてる。水がはいってきてたんだ。でも誰かがこの極低温用ホースをここに這わせて、コンパートメントに溜まった水を凍らせることで流れを止めた」

「それで船体にくっついた氷が成長したのかもしれない。冷たいのが隙間に向けて放出されてね。そのうち氷の層が出来て穴をふさいだのさ。で、スイッチを切るやつがいなかったから、氷は大きくなりつづけてる」

「付着した氷が流れるように後ろに延びてるのはそのせいか。ゆっくりと増大してるんだな」

「おれはそう思ってる。しかし、このプランを思いついた人間はどうなったんだ？ われわれが着くまえに救出されたのか？」

「そうならいいんだが」

オースチンが手袋の外側で足もとの霜を円く擦っていくと、ざらついて不鮮明な表面が滑らかに透けていった。そこに顔が現われた。かすかに歪む氷の下、黒髪の美しい面立ちの女性が穏やかに目を閉じている。両手は極低温用ホースを握りしめたままだった。

「こっちが思ってる相手かな？」

「コーラ・エマーソンだ」とオースチンは静かに言った。「命懸けで船を守ったらしい」

「気の毒に」

オースチンは無言でしばらく見つめていた。「くそっ」

ワシントンを発《た》つときから、こうなることは想像がついていた。だからといって、なんの慰めにもなりはしない。

8

南極水域
探査船〈グリーシュカ〉

一時間かけて氷から掘り出し、オースチンは抱えあげたコーラを〈グリーシュカ〉の医務室まで運んだ。

家族への形見になりそうなものを探すと、保護ケースに入れられたまま凍っていたネックレスとIDカード、電話が見つかった。それらを別のポケットにしまってからコーラをブランケットで覆った。

オースチンが立ちあがるのと前後して、ザバーラが、死んだ乗組員の最後の遺体を折りたたみ式担架に載せて引きずってきた。遺体を隔壁に寄せて降ろし、担架を立てると、すでに見つけてあった名簿を取りあげた。男のIDタグと引きくらべて名簿にチェックマークを入れた。

「それで全員か？」とオースチンは訊いた。

「科学チームの一名がまだ行方不明」ザバーラが答えた。「女性で名はイヴォンヌ・ロイド。捜し尽くしたけど船内にはいない」

「そこに何か意味があるのかもしれない」オースチンは時計を確かめた。「ブリッジにもどろう。ルディに報告を入れる時間だ」

船のブリッジから、ふたりは小型の衛星携帯電話を通じてルディ・ガンと通話をおこなった。電話機の四インチの画面に、ガンの粗い画像が映し出された。データのラグによって、画像は数秒ごとにフリーズしたり飛んだりした。ときどき、ガンの動きがロボットじみて見えた。

オースチンはルディ・ガンに、船の乗員とコーラについて悪いニュースを伝えた。コーラの勇敢な行動が船の沈没を防いだことも話した。「彼女は撃たれていた。頭に浅い傷があった。致命傷ではなかったが、怪我をして失血しているなかで、船が沈まないように奮闘するのは並大抵のことじゃない」

その報《し》らせを黙りこくって聞き届けたガンは、悲しい現実を軍人らしい視点から整理していった。「これをやった犯人を知りたい」とようやく口にした。

「誰がやったにしても」オースチンは言った。「手がかりはろくに残してない。不審な点は二、三あるが」

「たとえば？」

「まずは、行方不明の人間がいる」

ザバーラが説明した。「最初に船が安定してることを確認したうえで、遺体を数えたんだ。死亡した乗組員たちをメインデッキに運んで、ＩＤタグやパスポートを名簿に載った氏名と照合していった。それで船に乗っていた全員が確認できた、ただしイヴォンヌ・ロイドという女性を除いてね。その彼女は気候学および紳古微生物学……でいいのかな、それが専門で、科学チームの一員に登録されてた」

「水がはいってきたとき、下のデッキに取り残されていたかもしれないぞ」とガンは水を向けた。

「浸水したのはビルジと機関室だけだ」とオースチンは答えた。「科学者が下に降りる理由はないな」

「隠れるのが理由だ。船は攻撃を受けていた」

「そんなチャンスがあったとは思えない」とオースチンは言った。「どうやら奇襲されたらしい。寝棚で射殺された乗組員もいる」

「外洋のまん真ん中で、どうやって奇襲するんだ?」

オースチンは首を振った。やはりそこが引っかかっていた。

「人質にされたって可能性はある」とザバーラが言った。

「人質?」

「船はもぬけの殻だ」とオースチンは言った。「氷床コアはなくなってた。コンピュータとハードドライブも。科学ラボは、いわばグリンチに盗みにはいられたフーヴィルの町みたいだった」

「つまり、コーラが氷上で発見したものは跡形もなかったということか」とガンは指摘した。

「そう。そこでこの行方不明の科学者が、コーラの発見と関わっているんじゃないかという理屈が成り立つ。そうであれば、この船を襲った連中は、その彼女の知識も欲しがっていのかもしれない」

ルディ・ガンはメモ帳に走り書きをした。「ハイアラムに言って、その女性の名をコンピュータに検索させる。船のほうは? サルベージできるか? できれば乾ドックに揚げて、専門家に綿密な調査をさせたい」

オースチンはうなずいた。「ジョーと航行を可能にするプランを考えた。でも機関室は水であふれて修復どころじゃない。曳航《えいこう》が必要だね」

「〈プロヴィデンス〉が使える」とガンは言った。「こちらの計算だと、四時間後には合流する。着くまでにそっちの船の準備を進めておいてほしい」

やることはいくらでもあったが、オースチンとザバーラは単に役立つことではなく、目下喫緊である作業を優先した。

ザバーラの働きでメインの燃料庫から補助動力装置へと燃料を迂回させ、動力が復旧した。熱が発生して氷が解けだすと、ビルジポンプをふたたび始動させることができた。

つぎのステップは、より長持ちする封水手段を講じることだった。

「この船を動かしはじめるなら、舷側の氷を切り落とさないとな」とオースチンは言った。

「でも、氷が海水の侵入を防いでるんだぞ」とザバーラが忠告した。

「たしかに、立ち往生するか潮に流されてるときにはそれで申し分ない。ただし曳航されて荒波に乗り出すとなると、波の力で氷塊が上下に動く。そいつが分離したら――たぶんするだろう――船体が破れておれたちの努力がすべて水の泡になる」

「氷を切りそろえようっていうのか?」

オースチンは首を振った。「氷を取りはずしてプレートを溶接し、外側からしっかり穴をふさぐ。それが無理なら、ぎりぎりまで刈りこんだうえで極低温ユニットを作動させる」

「船の装備室を確認したんだけど」とザバーラは言った。「在庫は豊富にある。ドライスーツ、酸素タンク、溶接道具。予備のメッキまである」

「それはそうだろう。こんな錆びた古バケツが生きながらえてるのは乗組員の工夫のおかげだ」

必要な道具をかき集めると、オースチンはドライスーツ、絶縁手袋を着用し、フルフェイスのヘルメットをかぶった。そしてエアタンクを一本背負って船尾付近の海中に潜った。

ギアの調整をすませるとスーツのバルブを開き、水中でコルク栓さながらに翻弄されないようにエアを排出した。

船の側面を泳いでいくうち、氷の突起に行き当たった。涙の滴《しずく》を思わせる流線形をしていた。それを取りはらうには断片をすこしずつ切っていかなければならない。その作業に適している道具といえば高温熱である。

オースチンは無線でザバーラに呼びかけた。「位置についたか、アミーゴ?」

〈準備万端さ〉とザバーラは応じた。

顔を上げると手すりから乗り出すザバーラが見えた。「シリンダーを下ろしてくれ。これから手術をはじめる」

船上のザバーラが二本をつないだシリンダーを手すりに載せ、索具につないで下ろしていった。

シリンダーの中身は酸素アセチレンで、通常は溶接に使用される。ザバーラはタンク二本を接続したものをフォームで巻き、作業に適した圧力を得るため一個のバルブから噴出するようにしていた。

ザバーラが素手で索を操作すると、タンクはゆっくりと一度に腕の長さぶんだけ下りていった。

「そろそろだ」とオースチンは言った。「あと一〇フィート」

水に達したタンクをつかみ、クリップでドライスーツと接続してから、オースチンは索を手放した。

バルブをひねるとガスが噴き出し、点火装置の一度のクリックで長さ一二インチの青い炎が伸びた。炎を調節して氷に近づけた。

〈うまくいってる？〉ザバーラが無線越しに声をかけてきた。

「バターに熱したナイフを刺す感じだな」

　三〇〇〇度を超える炎の先端は硬化鋼をも溶かす。オースチンは氷にV字の切れ目を入れ、そこを突いて割ると次の場所に移った。

　作業の最中にザバーラがアドバイスをよこした。

〈おれならさっさとやるね。タンクにはいったアセチレンが冷えたら圧力がなくなるぞ〉

「この強力さに驚いてるところさ。どうしたらこうなる？」

〈補助動力源《APU》の排気口のそばに置いて温めた。それからフォームで包んだ〉

　オースチンは頭を振った。「危険な爆発性ガスがはいったタンクを高温熱源に近づけるなんて、そんなことするのはおまえだけだ。すばらしいアイディアだが。途中で吹っ飛ばされないでさいわいだった。そんなことになったら、おれの仕事がますます面倒になる」

〈そう感傷的になるなって。氷の具合は？〉

「穏やかだ」オースチンはジョークで返した。「じっさい汗をかくほどさ」

　オースチンは両側の氷の一部をすばやく除き、つづいて中央の大きな箇所に取りかかった。その工程は着実に進み、五分後には氷塊の半分が消えていた。さらに五分後、すべてが終了した。

ザバーラは、作業に取り組むオースチンをデッキから見守っていた。待機するほかやることがなく、頭のなかで思いをめぐらせていた。気になっていたのは舷側の損傷だった。

鋼板の一部に穴があいていたが、それは高い位置にある。ほかに凹《へこ》んだり削れたりしている部分は防水を保っている。船首付近の手すりが歪み、一部は車が激突したハイウェイのガードレールさながらにめくれていた。

〈グリーシュカ〉が衝突事故に巻き込まれたのは間違いない。被害状況から正面ではなく、横から当たられている。これが車なら剝がれた塗装を見つけて、その色でブランドやモデルを特定できるのだが、デッキにはペイントの跡どころか残っているのは雪ばかりなのだ。

一見しただけでも様子がおかしい。ひとつには雪が多すぎる。右舷デッキに溜まった量でイグルーを一〇個はつくれる。

ブーツで雪を蹴ってみた。表面は白かったが、その下は不思議な色をしていた。しゃがんで目を近づけた。白ではなく明るいベージュ、場所によっては灰色。「子ども時代の鉄則。黄色い雪は食うな、だ」とザバーラは独り言を口にした。「他の色はどうなんだ?」と声を大きくした。

〈何の話だ?〉とオースチンが訊ねてきた。

「手すりのあたりに溜まってる雪の話さ」とザバーラは言った。「ポートランド・セメントの色をしてる。降って一週間経ったニューヨークの雪に似てる。そこまで固まってないけど」

雪から水平線に視線を転じたザバーラは、思わぬものを認めた。低い太陽の眩《まぶ》しさをこらえて見つめると、海上に盛りあがった何かが音もなくこちらへ向かってくる。最初はシャチが不気味に近づいてきているのかと思った。だが、黒く油をふくんだような水を撥《は》ねあげて進むシャチの背中には背びれが見えなかったし、周囲の海水の乱れは、生き物がつくりだすものにしてはあまりに激しすぎた。

「問題が発生したぞ」とザバーラは言った。

9

ザバーラは接近する標的を見きわめようと船首へ向かった。「潜水艦だな」近づいてくる波の大きさと速度からの判断だった。「それか怒った巨大クジラか」

〈それがこっちへ向かってるんだな〉とオースチンは落ち着いた声で応えた。

「船首を狙ってる」

相手が近づいてくるにつれ、それが幻影でないことがはっきりした。少なくとも全長一〇〇フィートはある潜水艦は、減速あるいは旋回する気配は見せない。むしろ速度を上げているようだ。

「船から離れろ」とザバーラは叫んだ。「むこうはこっちに当てる気でいる」

最後にもう一度確認し、自分がストライクゾーンのほぼ中心にいることを悟ったザバーラはその場から駆けだした。右舷側を船尾に向けてもどった。船体の中央に差しかかったとき、物体が衝突した。

すさまじい衝撃が走ったが爆発は起きず、鋼板が引き裂かれたことにともなう熱気の放出もなかった。足もとのデッキが振動して傾いただけだった。

バランスをくずしたザバーラは、海からの強烈なパンチを食らって揺れる〈グリーシュカ〉の船上に投げ出され、雪上を滑ったすえに止まった。

無線からオースチンの声がした。〈やはり潜水艦だ。船の前部、錨《いかり》の後ろ付近にぶつかった〉

ザバーラは立ちあがり、手すりから身を乗り出して船首を望んだ。濃灰色に塗られた流線形の船舶の上半分が見えた。〈グリーシュカ〉の舷側に艦首をめりこませたまま、艦尾あたりで水を激しく攪拌《かくはん》させている。

「全速で後退させてる。脱《ぬ》け出す気だ」

〈脱出しろ〉とオースチンがうながした。〈あいつが離れたら、船は石みたいに沈んでいくぞ〉

ザバーラは船尾で見つけていたインフレータブルの救命ボートの収納箱《キャニスター》へ走った。その途中で急停止した。〈グリーシュカ〉のヘリコプターの横を通り過ぎようとしてアイディアがひらめいた。

ヘリコプターに駆け寄り、頭上のローターから熱線入りのカバーを引っぱった。あっさり取れた保護カバーがデッキに落ち、黒光りする翼が現われた。

尾部ローターから重たいビニールカバーを剝ぎ取り、エンジンの吸排気口も露わにした。つぎに機を固定していたチェーンに取りかかった。その一本をはずしたところで、デッキが傾いた。「どうした?」

〈潜水艦が離れようとしてる〉とオースチンが言った。〈前進と後退をくりかえしてる〉

ザバーラは急いだ。チェーンがはずれ、ヘリコプターは自由の身となった。あとは飛ばせばいい。

ヘリコプターの扉をつかんで引きあけた。操縦席に飛び乗り、スイッチをいくつか弾いた。計器パネルに息が吹きこまれた。ジャイロ計器が作動した。

ヘリコプターがソーラーパネルにつながれていたことを幸運の星に感謝した。バッテリーはフル充電されていた。

「AC電源、オン」ザバーラは最低限のチェック手順を踏んでいった。「燃料ポンプ、オン……始動器《スターター》、作動」

スターターのスイッチを押すと頭上で音がして、バッテリー電源でローターが動きだしたことを伝えてきた。そこに点火装置の小刻みな音がくわわった。

「たのむよ、ベイビー」ザバーラはヘリコプターに語りかけた。「おれをがっかりさせないでくれ」

そこから数秒してエンジンが咆哮をあげた。ローターが回転するのを感じてスタータースイッチから手を放した。だが時をほぼ同じくして、〈グリーシュカ〉はまたも揺れに見舞われた。左舷側に振られたとたん、右舷に揺り戻しが来て、ふたたび左舷に振れた。

オースチンから悪い報らせが届いた。〈潜水艦が離脱した。船体にでかい亀裂《きれつ》が出来てる。何をたくらんでるか知らないが、やるならいまだ。猶予《ゆうよ》は三〇秒、それ以上はない〉

ザバーラはこの悲劇を伝えてくるオースチンの落ち着きはらった口ぶりに呆《あき》れていた。

「タクシーを拾おうと思ってね」

〈タクシー?〉

「空飛ぶタクシー。どう、いい響きだろう?」

〈《プロヴィデンス》が来るまで立ち泳ぎするよりはましだな〉

ローターブレードの回転がスピードを増すと、ザバーラは全システムが機能しているのを確認して操縦を開始した。

秒を数えるあいだに、船の前面の隔壁が崩壊した。隣接した区画に水が一気にはいり、〈グリーシュカ〉の傾斜が大きくなった。

すでに軛《くびき》を解かれていたヘリコプターは、氷に覆われたパッド上を滑りだした。手すりにふれて転覆しかねない。

ザバーラはサイクリック・スティックを引き、離陸に向けて最大出力を発生させた。ヘリコプターは傾きながらデッキを離れ、手すりを越えると、酔っ払いの水夫が夜闇《やあん》のなかをふらつくように右舷のほうへ寄っていった。

すぐに水平を取りもどしたヘリコプターは、船から遠ざかりながら東方向に上昇していった。

〈やったな〉とオースチンが言った。〈おみごと〉

「そっちは?」とザバーラは訊ねた。

応答しかけたオースチンの言葉は、甲走った騒音と轟々《ごうごう》とした残響に呑まれていた。それはオースチンのマイクが拾った〈グリーシュカ〉の断末魔の叫びだった。船は転覆して船首から沈んでいった。

10

〈グリーシュカ〉の沈没をまえもって覚悟していたオースチンは、引き波にさらわれないように船から充分に距離を取っていた。

しかし船が転覆すると、上部構造物から船首に張られていたガイドワイアが切れ、ウナギのように水を叩いてオースチンの脚に絡みついた。オースチンは沈みゆく船の道連れにされた。

それをはずそうという無駄な真似《まね》はしなかった。ふくらはぎに掛かった圧力から、人間の手でケーブルを緩めるのは不可能だと心得ていたのである。代わりにアセチレン灯を点火して、編組みの金属索に向けた。

トーチの青い炎が溟《くら》い水を照らすと、オースチンは身体をねじるようにしてケーブルにトーチを近づけた。燃えさかったトーチは数秒も経つと弱まっていった。凍るほどの冷たさと、深度が増したことによる高圧下で炎は衰えていた。タンクを振って中身の液体を混ぜ、腿に打ちつけるうちに青い灯がよみがえってきた。炎を安定させ、ふたたびケーブルに向かった。縒《よ》りあわせた金属が赤くなってちぎれた。弾け飛ぶ音を水中に響かせて、ケーブルは闇《やみ》に消えた。

突然の切断は苦痛に近かった。オースチンは残ったケーブルを脚から取り去った。ふくらはぎが疼いたが、ドライスーツの裂けた箇所からはいりこんだ寒水がその痛みをやわらげてくれた。

水面に注意を向けると、銀色の光が長く伸びている。ドライスーツの浮力により、すでに身体が浮きあがっていた。何度か足を強く蹴って浮上に勢いをつけ、先ほどまで〈グリーシュカ〉が浮いていた荒れた波間に顔を出した。

方々に目をやって、ザバーラのヘリコプターと潜水艦を見出《みいだ》した。不穏な艦影はすでに遠ざかっていたが、こちらは海の真ん中で明るいオレンジ色の標的と化している。むこうがその気なら、発見されるまでさほど時間はかからない。

「ジョー」とオースチンは呼びかけた。「聞こえるか？」

〈三年生のころからずっとね〉ザバーラの朗らかな声がした。「どこに行ってた？」

「金属の馬に乗って海底まで」とオースチンは応答した。「お勧めはできないな。拾ってもらえるか？」

〈風防越しに見えるようになったらすぐにでも。まだ凍ったままなんだ〉

オースチンは肩越しに振りかえった。潜水艦が針路を変え、こちちに向かってこようとしている。正面を向いた艦首の上に二個の球体が突き出していた。その〝目〟はおそらくカメラで、まっすぐオースチンのことを見据えていた。

「そっちのデフロスターが作動するのを待つ時間はなさそうだ。あの鋼のサメがこっちにもどってくる」

〈そっちの方位は？〉

オースチンはヘリコプターを見て、機首の向きを推定した。「左へ四〇度」

ヘリコプターがゆっくりと転回した。

「行きすぎだ。一〇度もどせ……完璧《かんぺき》だ。まっすぐこっちを向いてる」

〈距離は？〉

「半マイル」

ザバーラはヘリコプターの機首を下げ、オースチンのほうに移動をはじめた。

そこでオースチンは反対の方角からやってくる潜水艦に視線を転じた。依然接近中だ。

ザバーラのほうを見た。「こっちの居場所から三〇〇ヤード。デッキからは五〇フィート。五度左へ」

ザバーラの操縦技術には感心するばかりだった。相棒は針路を調整しつつ、海上一〇フィート以内を減速しながら近づいてきた。

「一〇〇ヤード」

空気を切るブレードの音が大きくなった。周囲の水が泡立った。オースチンはホバリングするヘリコプターに向かって泳ぎ、ザバーラが水中に沈めた右側のスキッドに手を伸ばした。

身体を引きあげようとすると、不意にアセチレン灯の重さを感じた。タンクをはずしてスキッドに足を掛けた。「行け」

ザバーラが全出力をあたえたヘリコプターはますます大きく唸りをあげた。機体の上昇でオースチンは海から逃れた。わずか五〇フィート上がったとき、黒い潜水艦が下を通過した。

潜水艦は浮かんでいたアセチレンタンクに当たった。壊れたタンクが小さな爆発を起こした。

ちょうど真上から、オースチンは潜水艦の姿をはっきり捉えた。きれいな流線形でオタマジャクシを思わせる恰好《かっこう》だったが、艦首はより膨らみ、艦尾はより長く細い。

艦首からぎざぎざに曲がって突出しているのは、〈グリーシュカ〉の舷側に突っ込んで折れたスパイクのシャフトのようだった。

艦体の表面は非常に滑らかで、水を塊りで切っていく感じがあった。光を受けて透き通るように見えた。真下を通過した潜水艦は、やがて潜航して視界から消えた。

11

NUMA船〈プロヴィデンス〉

〈プロヴィデンス〉の通信スイートは、現代版の船の無線室である。ブリッジの後方の専用区画に位置している。旧弊な送信機やモールス信号を打つテレグラフ装置に代わって、このスイートにはコンピュータ、フラットスクリーンモニター、そして衛星通信の設備が満載されている。

オースチンの頭には、こうしたテクノロジーにおける唯一の難点が思い浮かんでいた。無線連絡ならパジャマ姿で、髪はぼさぼさで無精ひげを三日伸ばしたままでできる。しかし高解像度の画面に映るとなれば、話す相手が誰だろうと身なりを気にしなくてはならない。今回のケースでは、その相手とはルディ・ガンとNUMAのテクノロジー部門の長、ハイアラム・イェーガーのことを指す。

イェーガーはイェーガーなりの流儀で、オースチンが定めたルールを逸脱していた。NUMAが擁する最上級のテクノロジーをデザインし、組み立てたこのコンピュータの天才は金縁の大きな眼鏡をかけ、髪は長年切ると約束しっぱなしのポニーテイル。ブルージーンズをはき、ハーレー・デイヴィッドソンの長袖Tシャツには、それをつくったカボ・サン・ルーカスのディーラーの名が誇らしげに記されている。そんなカウンターカルチャーの外見とは裏腹に、ハイアラム・イェーガーは恐ろしいほどの切れ者だった。仮に彼がNUMAを辞めたら――ルディ・ガンはけっしてそれを認めないだろうが――シリコンヴァレーでは一時間以内に彼の争奪戦が勃発《ぼっぱつ》するはずだ。

起きた事象に関して、オースチンとザバーラがガンからの質問を受けるあいだ、傍らに座るイェーガーはラップトップにメモを打ち込んでいた。

「潜水艦の姿はじっくり見たのか?」とガンが訊ねた。

「何回かは」とオースチンは言った。「全長一〇〇フィート、展望塔やセイルはなかった。高速が出て操作性も高い。普通とはちがう素材で造られてるんじゃないかな」

「描写が細かいな。もっと絞りこめないか?」

「見本を取り寄せる暇がなかった。でも、あれは鋼鉄じゃないし、ぼくらがボートに塗るような種類のコーティングでもなかった。かすかに透き通っていて、非金属製に見えた。ぼくの印象では、ソナーを吸収する素材で出来た新しいタイプだな。プラスティックか合成ポリマーか。それだったら半透明の効果が説明できるかもしれない」

「つまり、高性能な技術を持ってるということか」ガンは軽蔑《けいべつ》もあらわにそう洩らすと、イェーガーを見た。「潜水艇に利用される新素材について、データベース上にある情報を出してくれ。あるいは、ためになることがわかるかもしれない」

うなずいたイェーガーがまた何かを打ち込んだ。ガンは質問をつづけた。「きみの見解は、ジョー?」

「カートと同じだな」とザバーラは答えた。「とにかく目立たない。小回りが利くし。艦首から艦尾まで、既製品で買えるような代物じゃなかった」

「軍用か?」

ザバーラは首を振った。「丸腰だね。ヘリコプターを射ってこなかったし、体当りで〈グリーシュカ〉を沈めたから。魚雷かミサイルを持ってるなら、わざわざでかい缶切りで迫ってくるとは思えない」

「なるほど、少なくともそこはためになった」

ためにはなっても、まだ足りないとオースチンは思った。「行方がわからない科学者について何か情報は？」

「つかんだ」とガンは言った。「まず、彼女は有名になりかけていた。ここからはハイアラムに説明させよう」

イェーガーは眼鏡を直して話しはじめた。「イヴォンヌ・ロイドは三十四歳のオランダ人。アムステルダム生まれだけど、南アフリカで育ってステレンボッシュ大学に入学した。専攻は気候学と政治学で、首席で卒業。国連の調査に参加して南極大陸で数カ月すごしたあと、復学して純古微生物学の博士号を取得してる」

ザバーラが授業中の生徒さながら挙手した。「もらったいちばん上等な学位が、海のなかでのバスケット編みっていう学生からの質問だ。純古微生物学って？」

「化石記録を使った微生物の研究」とイェーガーは答えた。「純古微生物学者はね、過去に生息して絶滅したり、今日の姿に進化したりする以前のバクテリア、藻類《そうるい》、ウイルスの調査をするんだよ」

「やっぱり」とザバーラは返した。「思ったとおりだ。ちょっと確かめたくて」

イェーガーはつづけた。「彼女が最初に発表した研究は、生命体としての地球という概念を中心にして、現代人類とその活動と、バクテリアの体内侵入とを比較するものだった。博士課程を修了するにあたっては、いまの科学者たちが〈雪球地球《スノーボール・アース》仮説〉と呼ぶものについて論文を書いてる」

「冬をテーマにしたアミューズメントパークみたいだ」とオースチンは言った。

ガンが口をはさんだ。「言っておくが、その時代に娯楽などなかった。〈スノーボール仮説〉が正しければ、全地球が凍っていたことになるんだ」

「氷河期みたいに？」とザバーラが訊いた。

「もっとだ」とガンは言った。「いわば超氷河期だな。すべての大陸が深さ一マイルの氷河に埋もれるほどの。海の上層も凍って、その下は塩分をふくんだ軟氷でほとんど動きがない。この仮説にしたがうと、赤道付近の狭い一帯だけが温かく液化して、生命を育んでいたことになる」

「ぼくの足も凍ったんだろうな」とオースチンは言った。「その話と、コーラやコーラが南極で捜していたものとどう関係するんだい？」

イエーガーがすかさず説明を引き受けた。「イヴォンヌの論文では、その雪球地球時代を招いたひとつの原因が、今日存在していない微生物にあるとしてる。彼女の研究が明らかにしたのは、これらの微生物が大気から温室効果ガスを効率よく取り除いて、あとに二酸化炭素とメタンの跡だけを残したってこと。その結果、温室を暖める毛布が取りはらわれ、大気が澄み切ったってわけさ」

ザバーラが割ってはいった。「砂漠は日中ものすごく暑いのに、夜になると熱帯の島より涼しくなるのと同じ原理だ」

「まさにその効果だよ」とイェーガーは言った。「この効果に輪をかけるのが反射の問題だ」

「というと?」とオースチンは訊いた。

「はっきり影響するのは水の低温だね。水は雪と氷になる。地球が急速に冷えていくと、降雪がふえて残雪が多くなる。大陸は一年じゅう雪で覆われて、世界の海の大半は凍結する。このコーティングによって、現代よりはるかに多いパーセンテージの太陽放射が宇宙に反射される。つまり、地球は昼間に熱を吸収するどころか、夜と同じように冷えこむことになるんだよ」

「まさしく負のフィードバックループだ」とオースチンは言った。「寒くなると、さらに寒くなる。その超氷河期から、世界はいったいどうやって脱け出したんだ?」

「そこがはっきりしてなくてさ。科学者たちには、地球はそんな凍結状態を脱することはできないという考えに基づいて、この仮説に反対する連中はいるし。また隕石《いんせき》の衝突とか激しい火山活動なんかが、雪解けのエネルギーをもたらしたって指摘する声も出た。そんな議論の最中に、イヴォンヌはこれまでの考えを発展させて第二の仮説を提唱した。規模をせばめて、この一〇〇万年のあいだにずっとくりかえされてる通常の氷河期に当てはめたんだ」

イェーガーはチャートを呼び出した。それは〈プロヴィデンス〉の船上と会議室の双方のスクリーン上に映し出された。

チャートは過去一〇〇万年における、地球上の平均気温と氷河の量を比較したものだった。予想されたとおり、気温が上がれば氷河は解けている。だが上昇がつづいて地球が熱帯化するかといえば、気温は一気に上がるとすぐに冷却期が来て、世界はいったん平衡状態にもどったあと新たな氷河期へと落ちこんでいく。

地質学的に言って、気温の上昇と冷却は規則的に来ており、結果を示すチャートは入院患者やテレビの医療番組の視聴者にとっては馴染《なじ》み深い心電図を思わせた。

「イヴォンヌはそれを〝ガイアの心音〟と呼んだ」とイェーガーは説明した。「ガイアは地球の別名だよ。彼女は気温が上下するパターンは地球の自己修正能力で、高熱の時代になると極寒地帯に棲《す》む微生物を解き放つって考えたのさ」

ガンが補足した。「彼女はこれを〈防火壁《ファイアウォール》仮説〉と呼び、地球が生物の歴史のなかで蓄積してきたものが、気候変動とか地球温暖化をふくめて、人間がつくりだす災害を避ける、または正すためにコンピュータのファイアウォールさながらに働くのだと主張した」

オースチンはうなずいた。突飛であるとしても興味を惹かれる話だった。「微生物が行ったり来たりするというそのメカニズムについて、彼女はどんな説を唱えてる？」

「基本は氷河の融解だね」とイェーガーが言った。「地球が暖かくなりすぎると氷河は解ける。解けた氷河は、二万年かそれ以上も陽の目を見てないウイルス、バクテリア、藻類を放出する。休止状態だった微生物は海に流れこむと、自然界に敵がいないからすぐに大発生する。そこで温室効果ガスを吸収して〝雪球〟の小さなバージョンをつくって、冷却期とつぎの氷河期をもたらす。世界が氷に覆われると、この微生物は発生源から切り離され、やがて死んでいく」

「何か証拠は出されてるのか？」

「ぼくは見てないけど。でも論文が書かれたのはずいぶんまえだからね。当時からはいろいろ変わってる。彼女とコーラが南極で探してたのがそれだとしても、べつに驚きはないな」

イェーガーの話を聞いて、オースチンも驚きはしなかった。だが、探すと見つけるとでは事情がちがってくる。「これがお伽話《とぎばなし》以上になる可能性は？」

ザバーラが声をあげた。「南極にある湖の底の融水に、休眠バクテリアを発見したという科学者グループの話を聞いたことがある。それと去年には、ある調査班がチベットで、解けだした氷河の下に未知の休眠ウイルス二八種を発見してる」

オースチンはザバーラを見た。「この話はなんだか詳しそうじゃないか」

ザバーラはにやりとした。「ゾンビが破滅をもたらすシナリオとなったら、忘れずにアップデートしてるんだ」

オースチンは笑った。

「きみだけじゃないよ」とイェーガーが主張した。「ぼくも調べてみて、似たようなことがわかった。ロシアで二〇一六年、解けた永久凍土から出てきたトナカイの死骸から、とたんに炭疽《たんそ》菌が発生したなんて怖い事件があった。この件を研究したフランスの科学者は、そこには腺《せん》ペスト、スペイン風邪《かぜ》、天然痘も同じくひそんでるんじゃないかと警告してる。もしもっと深くまで氷が解けていったら、ぼくたちはネアンデルタール人が走りまわってたころ以来、人類が出会ったことのない病気と向きあうことになるかもしれないんだ。誰も免疫を持たない病気とね」

「コロナウイルスや豚インフルのほうがましということだな」とガンが言った。「解けた氷から発生する新たな伝染病のことが全員の頭を占め、通信室は静まりかえった。

「イヴォンヌの仮説が無理筋というわけでもないらしい」とオースチンは言った。「彼女がコーラの調査隊に参加する理由もそれで説明できる。ルディは彼女が有名な人物だという。ぼくの認識では、学術論文のひとつやふたつを発表したところで、パパラッチが押しかけてくるなんてことはない」

「そうだね」とイェーガーは認めた。「でも、莫大《ばくだい》な富を持つ石油王の兄弟と揉めてるなんてなると、タブロイド的な価値が出てくる」

「誰なんだ、彼女の兄弟というのは？」

「ライランド・ロイド。〈マタ石油〉のオーナー兼CEO」

イェーガーは話しながら目の前のキーボードを叩き、ふたりの同胞《きょうだい》の写真を出した。イヴォンヌは髪がブロンド、ナチュラルな感じで、化粧っ気がなくても目立つ顔立ちをしている。ライランドは暗色の髪に角張った顔。風雨にさらされてきた肌には深い皺がある。ある写真では顎の下にひげをひと房伸ばしているかと思うと、つぎの写真ではたっぷりとたくわえている。「ライランドが兄貴だな」

「十五歳年上さ」とイェーガーは言った。「両親が死んでからは、彼がイヴォンヌの面倒をみた。そのときの彼女はまだ八歳だった。何を調べても、彼女の幼少期にはふたりの関係はとても近かったってわかる。ぼくらが見つけた古いインタビューでは、兄のほうが兄妹は一心同体だって語ってる。だけど兄が石油会社を経営して、妹が進学するころになるとすべてが変わった。彼女自身は〝目が開かれたんだ〟って言ってる。ステレンボッシュを卒業してからは急進的環境保護主義者を自称してね。急進的を名乗るのは本人の意見だと、そうしないと地球を破壊する一味になってしまうからだって」

「うちも、妹とおれはちがうと思うな」とザバーラが言った。

ハイアラム・イェーガーはさらに詳細に分け入った。「成人したイヴォンヌは民間の研究施設に侵入し、過激な環境保護活動を先導した罪で逮捕されてる。同じころ、兄のほうは世界各地の深海油田や鉱山を買い漁《あさ》って、気候向上運動の指導者の地位に就いた」

「何だそれは？」とオースチンは訊いた。

「気候変動をめぐって、延々くりひろげられてる議論における第三の立場さ」とイェーガーは答えた。「地球温暖化なんか起きないって言い張る気候変動否定論者とも、われわれが知ってる地球がもういまにもなくなるんだって言って譲らない気候変動活動家ともちがって、気候向上運動っていうのは、気候変動が起きてることを受け入れながら、それは結局、地球に途方もない恩恵をもたらすものだと主張する。変動を避けるのは愚かなことで、どうせならそれを促進して、そのスピードを上げてしまおうと考えてる」

「そいつは新しい考え方だな」とザバーラが言った。

「集団としては小さいが力を持っている」とガンが説いた。「彼らの大半は注目されることを好まない。例外がライランド・ロイドだ」

「声をあげない連中の分まで、彼が代弁してるんだ」とイェーガーが付けくわえた。

「そのいちばん有名な主張が、南極の氷河が解けたら八〇〇億バレルの石油と、測り知れない埋蔵量のレアアースや貴金属への道が拓《ひら》けるというやつでね。何年かまえに石油が高騰したとき、彼は南極大陸沖を熱したコンクリートと鋼鉄の壁で凍結しないように仕切って、そこを掘削していくっていう計画をぶちあげた」

「兄妹でちがってるってことはわかった」とオースチンは言った。「すると、妹は兄の掘削案のファンではなさそうだ」

「すこしもな」とガンが応じた。「妹とその一派は計画を激しく非難した。〈マタ石油〉の安全性におけるお粗末《そまつ》な実態を、貧相な装置と石油流出事故を秘密裡《り》に撮影したビデオを公開して指弾した。これにたいしてライランドは、いまの状況だと南極大陸はなにもない無価値な土地のままだと断じて、鉱物の露天掘りを進め、石油を探すべきだと提案した。石油は地球の天然資源であり、多少の汚染はかえって南極の環境にも良いことなんだという主張までしている」

「どろどろの溶岩も地球の天然資源だけど」とザバーラが言った。「そのなかで泳ぐ気はしないな」

オースチンは笑った。「ライランドは南極海域に井戸を掘ろうとしたのか？」

ルディ・ガンは首を振った。「彼は承認を求めて一年も攻勢を仕掛けたが、自身の発言が炎上して動けずじまいだった。その数年後には石油価格が暴落してね。とても儲《もう》けは出ない」

「火と氷か」とオースチンは言った。

「彼女のふたつの仮説のことか？」とガンは質《ただ》した。

「イヴォンヌと兄貴がさ」とオースチンは答えた。「ふたりの人間が、別の理由で南極に取りつかれた」

「〈グリーシュカ〉への襲撃と妹の失踪《しっそう》にライランドが一枚咬《か》んでるんじゃないかと、われわれが考える根拠はそこだ。深海掘削をやるような企業なら、潜水艦を建造して航行させるだけの資源と技術は当然あるはずだ。ましてや石油会社なら、コアのサンプルとそれが明かす秘密の価値は熟知している」

「個人的な面でも筋が通るね」とイェーガーが口を添えた。「ライランドがコーラの発見を横取りするのに、〈グリーシュカ〉に乗ってた科学者と乗組員の虐殺も辞さなかったとすると、自分の妹にはいままでも甘いってことかもしれないよ」

「それか、人質にしようと思ったのかも」とザバーラが言った。「ここは自分の力を見せつけようとして」

そこはオースチンにも理解できた。だが、まだしっくりこない部分があった。「問題がひとつある。コーラが発見したものが、南極を露天掘りしたがってる男の興味を惹く理由がどうもわからない」

「そのコアのサンプルというのが、男が見つけようとしていた石油や鉱脈につながるものではないとすればな」

たしかにそうかもしれない。しかし、この段階ではすべてが仮定で成り立っており、仮定というのはともすれば危険な場合がある。間違った道へといざなわれて、見当違いの方向に行ってしまうことにもなりかねない。「結論としては、いまある手がかりはふたつだ」

「ふたつ?」とガンが訊いた。

「ライランドとコアの標本」

「でも、こっちの手もとにコアのサンプルはないけど」とイェーガーが念を押した。

「ぼくらで似たようなものを見つけられる可能性はある」とオースチンは言った。

「もっと正確に言えば、すでに誰かが似たようなものを、それと知らずに持っているかもしれない。ちょっと思いつくだけでも、世界には調査分析用に凍った氷床コアを貯蔵する大きな施設がいくつかある。全米科学財団は倉庫と研究室をコロラドに設置してる。EUもヘルシンキに同じような施設を持ってる。記憶に間違いなければ、韓国のソウルにも大きな貯蔵センターがあったはずだ。大学や各国政府は言うまでもなく。コーラが探したのと近い場所で採掘された氷床コアのサンプルがあれば、彼女が見つけたものが手にはいるかもしれない」

「コーラのチームは完全な秘密のうちに作業をしていた」とガンが言った。「すっかり姿を消していた。〈グリーシュカ〉は自動船舶識別装置《AIS》での発信すらしていなかった。しかも、こちらとの間でおこなわれた通信は衛星経由の暗号化されたメッセージだけで、その信号は追跡不能だ。言い換えれば、彼女がどこへ行ったのか、われわれには見当もつかない」

「彼女の行先はニュー・スウェイビアだったと思う」とオースチンは言った。

ガンは冗談を言われたかのようにオースチンを見つめた。「ニュー……?」

「ニュー・スウェイビア」オースチンはくりかえした。「一九三八年から一九三九年にかけて、ドイツの南極探査がおこなわれた大陸の一部だ」

そう話しながら、オースチンは〈グリーシュカ〉で見つけた一枚の写真を取り出した。「ジョーとぼくが船の実験室で発見したものだ。ぼくの知るかぎりでは、コーラとそのチームはナチとまるでつながりがない。ということは、この写真を持っていた意図はひとつ、科学的な関心だ。彼らの活動と関連しているにちがいないし、でなきゃラボにただ飾ってあるはずがない」

オースチンは写真をカメラの前に据えた。ガンはそれに見入った。

隣りにいたイェーガーが猛然とキーボードを叩いた。「ドイツ南極探査　一九三八ー一九三九」そしてNUMAの記録を読みあげた。「第二次世界大戦直前に派遣された。転用された貨物船を沿岸に停泊させて、飛行艇で大陸の調査をおこなった。未踏の地を広汎に飛行。搭乗員は地勢をカメラにおさめる一方、標識などのがらくたを落としてナチスの占有権の獲得をはかろうとした」

「おそらくこの連中のことだ」オースチンは写真の男たちに指をさした。

「彼らが何を探していたかは不明」イェーガーはつづけた。「公式記録では、石油か捕鯨基地の建設場所とされている。Uボートの基地を築こうとしていたとも言われる。彼らはこの土地を、飛行艇を〈シュヴァーベンラント〉という船から飛ばしたことにちなんでニュー・スウェイビアと呼んだ」

ガンがイェーガーにうなずいてみせた。「で、ニュー・スウェイビアの正確な位置は？」

「〈グリーシュカ〉が発見された位置の南東約五〇〇マイル」

「かなりの距離だ」とオースチンは言った。「でも八週間、九週間あれば、それぐらい漂流する」

ルディ・ガンの顔に、オースチンは同意の表情を見て取った。

「いいだろう」とガンはようやく口にした。「手がかりはふたつだ。こちらがドイツの探査隊のことを調べるあいだに、きみたちは南アフリカのヨハネスブルクへ行け。そっちの到着までに、私のほうでライランド・ロイドと話す機会を設けておく」

12

南アフリカ、ケープタウン

ライランド・ロイドは、ケープタウン港を渡る補給船の手すりにもたれた。付き添う部下は二名、船の操縦士と警護班の人間である。彼らは港内に停泊するには大きすぎる船舶が投錨《とうびょう》する沖合へ向かっていた。

すでに夜で、空は暗かった。街の灯が岸壁をオレンジ色に染め、背景に唯一見えるのはテーブル山――南アフリカのこの都市の映像にしばしば登場する、平坦な頂きを持つ壮麗な断崖《だんがい》だった。

ライランドはテーブル山ですごしたことがある。ケーブルカーで頂上まで登れるので行きやすいのだ。山頂からの眺めは昼も夜も壮観で、ケープタウン全市と何マイルも先の海まで一望にできる。それでも山頂から鋭く目を凝らしたところで、ライランドのたくらみが気づかれるおそれはない。

徐行域を抜けた補給船は投錨地に向け速度を上げた。引退した貨物船群や、積荷を降ろした原油運搬船を過ぎてめざしたのは、船幅が広く工業用と思われる〈コロッサス〉という名の船舶だった。

〈コロッサス〉はクレーン船である。海上工事を用途とする船には、数千トンもの荷を傾いたり転覆したりすることなく移動させる安定性が求められる。この手の大型船は一般に、デッキをはさんでふたつの船体を持つ双胴船式《カタマラン》に設計される。多くは半潜水型、すなわちポンツーンに海水を満たして船体を沈め、重くなるほど安定するという建設工事に向いた仕様となっている。

では、〈コロッサス〉はというと一個の船体しかないが、幅はフットボールのフィールドより広く、長さは倍もある。この箱型がもたらす安定性と内部容積のおかげで、遠方の現場でもこまめな補給を必要とせずに作業を進めることができる。また大きな空き容量があるのも特徴で、それがライランドの活動を世間の目から隠しおおすことにも寄与している。

「船尾の貨物室から乗船を、との合図が来ています」と航海士が言った。

「寄せろ」とライランドは言った。「私が降りるから、おまえたちはもどるのを待て」

操縦士はうなずいた。ボディガードも同様にした。ライランドに高給で雇用されているふたりは、つねから信頼を試され、背信の疑いもなかったが、〈コロッサス〉の船内に横たわる真実にふれるだけの高い意識には欠けていた。

補給船はクレーン船の後部をまわった。二〇フィート四方の文字で描かれた船名を過ぎ、〈マタ石油〉のロゴである青い星を過ぎた。

反対側に出ると、操縦士はスロットルを切った。エンジン音が弱まって船は減速し、強力な油圧式アームによって下ろされた貨物扉の脇に横づけした。

開いた扉がプラットフォームの役目を果たし、補給船のトップデッキと接した。ライランドは操舵室の屋根まで梯子を昇り、小型船舶から大型船に軽々と乗り移った。

そして無言で警護に立っていた〈コロッサス〉の乗組員には目もくれず、船内にはいっていった。階段を降り、〈コロッサス〉の空の中央部分を見おろすプラットフォームに出た。

眼下の広々とした空間は、いまは水で満たされている。技術的には、この区画はバラストをふやし、揚重《ようじゅう》作業中の安定性を確保するためにあった。それをライランドの技師が改造をほどこし、船底が開いて人目にふれず潜水艇の発着ができるようにしたのだ。

いまはオタマジャクシの形をした灰色の船艇が舫《もや》われていた。部下たちが作業している艇首は、体当たりした際に損傷を受けた部分だった。溶接トーチの光も、ハンマーを叩く音もなく、ただ置かれた二台の機械が静かに擦るような音をさせている。じきに修理が終わると確信したライランドは、区画に沿ったキャットウォークを進んでいった。その突き当たりに半ば陰に隠れるようにして、痩せて背が高く、淡い金髪の女がいた。

ライランドは口を開くまえに、その女のことを観察した。頬にある痣《あざ》を除けば、ほぼ完璧と言っていい姿だった。

「怪我をしたのか？」

イヴォンヌは前に出た。「〈グリーシュカ〉に当たったときにね。〝だんご鼻〟はとても頑丈な構造をしてる。思ったほど衝撃を吸収しなかった。わたしのせいだわ」

ライランドは彼女の変色した肌を避けるようにして頬を撫《な》でた。「自分たちの失敗の責任を認めるとは、潔い態度だな」

「そこが凡人との違いよ」とイヴォンヌは応じた。

ライランドは手を離し、ふたりはそろってすぐ近くの通路を歩きながら話した。

「会えてよかった。いろいろ話すことがある。標本はあるのか？」

「何事もなく旅を乗り越えたわ」

吉報だった。「遺伝子組み換えは成功したか？」

「たぶんね。増殖率は五〇〇パーセント上昇して、サイクルは四八時間に短縮された。本格的な生産にはいるには、培養して種のストックを大量につくらないと。でも問題ないはずよ」

ライランドはうなずいた。この計画はすでに動きだしていた。「それを全部合わせても、氷河下から自然に放出されるものと比較したらはるかに少ないだろう。氷河下湖からいつ荷を運べるようになるんだ？」

「いま最後の水路を掘ってるところ。あと何日かで海まで通じる」

「で、最新のモデリングは？」

「あなたの求めるとおりになるわ。海に達した微生物は南極一帯にひろがる。南半球の変化は三カ月以内に顕著になる」

「それで？」

「気候の変化が微生物の成長を加速する。それがさらに気候の変化を起こす。一八カ月後には、人類の活動が目に見えて変わっていく。そして三年後には、世界の三分の一が穀物の不作と漁獲量の減少で飢餓に直面することになる。変化が一〇年の枠でピークに達して安定したら、陸地の八二パーセントは人類の活動に適さなくなる。人口の大幅な減少は避けられないわ」

ライランドは、もはや人間でごった返すことのない平穏な世界を思い描いてうなずいた。「当然、戦争もあるだろう」

「飢えは人々を苛立《いらだ》たせるけど、戦う気力も失ってるんじゃないかしら。いずれにしても、わたしたちは安全だけど」

おそらくは、とライランドは思った。結局は痛くも痒《かゆ》くもない。

「おまえはやるべきことをやった」と彼は言った。「自分を褒《ほ》めたらいい」

イヴォンヌは首を振った。「〈グリーシュカ〉には先回りできなかった。わたしたちが攻撃を仕掛けたときには、NUMAの工作員二名が乗船していたわ」

「きっと溺《おぼ》れたろう」

「残念ながら溺れてない。〈グリーシュカ〉のヘリコプターで逃走したのよ。でも収穫はろくになかったはず。あの船はわたしたちの手で裸にしておいたから」

「連中は何かをつかんだんだろう。パーティのときに会えないかと言ってきた」

彼女は身を固くしたが、やがて訊ねた。「どうするの？」

「むこうと会って、何を知ってるか探り出す」

「あの男たちとはかかわらないで」とイヴォンヌは忠告した。「コーラがよく彼らのことを話してた。とにかくしつこいって」

「落ち着け。こっちの知りたいことさえわかれば連中は始末する。どっちにしても」

13

ワシントンDC
NUMAオペレーションビル

　NUMAの科学研究所で、ダークレッドの髪をポニーテイルにしたガメー・トラウトがゴーグルをかけ、泥を溜めた容器に手袋をはめた手を深く沈めていた。沈殿物のなかに指を食いこませ、すくい出したのは粘り気のある黒い澱《おり》のようなものだった。そのサンプルをガラスのトレイに置くと手袋を取り、明るいハロゲンランプを点けた。

　眩しい光の下で、ガメーはステンレスのポインターで泥をつつき、小さな貝をはじめとする生物の証しを見つけた。

「また結婚指輪をなくしたのか？」と背後で声がした。「いいか、ポールとの結婚から脱け出す気なら、もっと楽な方法があるぞ」

汚泥から離れたガメーは、面白がっていないことを示す表情をルディ・ガンに向けたが、じつは笑いをこらえていた。鋼製のポインターをガンのほうに振ってみせた。

「鋭利なものを持ってる女を敵にまわそうだなんて、あなたらしくないわ」

「いまの発言はよろこんで撤回する」とガンは言った。

ガメーはようやく笑みを浮かべた。そのさりげない笑顔はジョークの標的になるのも、またそれに応酬するのも厭《いと》わないことを示している。「撤回を了承します。とりあえず」

刺される心配がないとわかって、ガンは近づいた。「何をしてるんだ？」

「この泥はサンフランシスコ湾の海底から採取したものなの」とガメーは説明した。

「一九三九年の泥と比較しているところよ。八〇年分の船の往来で油や化学物質の流出被害はあったけど、活動が停滞したり死滅したりはしていない。生き物は順応してるわ。異なるバクテリアや軟体動物、魚の糞《ふん》も見つかってる。いまも生物は変化して大量に生息してる」

「変化して？」

「順応して。この環境で、昔よりはるかによく生きられるように」

「すばらしい」とガンは言ったが、その声からしてとくに気を惹かれたふうでもなかった。「もっと面白いことをしたくないか？」

「わたしの仕事が退屈だっておっしゃるわけ？」

「いや。ただきみをこのプロジェクトからはずして、より緊急性のある方面に振り向けたいだけだ」

ガメーはポインターを置いて安全ゴーグルをはずした。「まさかその話、カートとジョーが突然姿を消したことと関係あるの？　ゆうべはポールとわたしでふたりとディナーをする約束だったんだけど。キャンセルの連絡もなかったわ」

「ふたりは世界の反対側で、沈む船から脱出するのに大忙しだった」

「でしょうね。あのふたりのことだから、タイヤがパンクしたなんてことじゃなさそうだし」

ガンは、オースチンとザバーラが急遽《きゅうきょ》出発した理由を説明したうえで、コーラの身に起きたこと、そして南極の氷床コアにコーラが発見したとみられるものについて詳しく知りたいのだと話した。

「コーラのこと、お気の毒に」とガメーは言った。「あまりよくは知らなかったけど、彼女の研究は第一級のものだと思ってた。これはつまりポールとわたしを南極に送って、追加の標本を掘り出せってことなの？」

「そう簡単にはいかない。しかも現時点では危険をともなう。きみたちを派遣するのはフィンランドだ。ヨーロッパの氷床コア保管所がヘルシンキにある。そこは世界最大の貯蔵施設で、南極から持ち帰った氷について最先端の研究がおこなわれている」

「そこで必要なものが見つかるって考える根拠は？」

「これはカートのアイディアだ」ガンは例の写真と〈シュヴァーベンラント〉の探査行との関係を説いた。「この二〇年において、ニュー・スウェイビアとされる地域の調査は一七回を数える。そのうち一五回の調査で、コアのサンプルがヘルシンキに送られた」

ガメーは納得した。「ドリルを持って南極をうろうろするんじゃなくて、冷凍倉庫に保管された一〇〇万個のコアのサンプルを調べろっていうわけね」

「当たりは数千個のうちにあるはずだ」

「それだけ？」

「手間もかかるし時間も取るだろうが、アプローチするにはほかに途《みち》がない」

「本当のことを言って。ヒットする可能性はどれだけあるの？　言い換えると、ニュー・スウェイビアって広さはどれくらい？」

「三〇万平方マイルを超える」とガンは認めた。「さっき話した一七回の探査で、カバーしているのは三パーセントに満たない。掘削した箇所は全部でたった一四〇。コーラのパスポートによれば、彼女はチームで南極へ発つまでの数カ月、ヘルシンキに長期滞在していた。それがひとつの鍵《かぎ》になる」

関連は明らかだった。「わたしは泥と氷を交換することになるのね」

「冷たくなるが、きれいだぞ」

「それは我慢できるけど。出発はいつ？」

ルディ・ガンは答えるまえにガメーのデスクに近づき、尖ったポインターを取りあげた。「一時間後」と時計を見て言った。「訂正。五八分後だ」

「NUMAの飛行機で？」

「今回はちがう。ダレス発の直行便にきみとポールの席を予約してある」

「荷造りの時間はなし？」

ガンは肩をすくめた。「服はフィンランドに着いてから買えばいい。会社のカードに付けたまえ」

ガメーはがっかりして頭を振った。「ガラス製品と家具」

「何だね？」

「ヘルシンキはガラス製品と家具を買うところよ。金額のはいってない小切手を服代に渡すなら、行先はパリかミラノにしてもらいたいわ」

ガンは顔を輝かせた。「きみとポールが正しい方向を指し示してくれたら、その両方に行かせてやろう。限度いっぱいに使えるカードを渡してな」

14

フィンランド、ヘルシンキ

ポール・トラウトはヘルシンキの中心街にある衣料品店の外、雪が積もる歩道に立っていた。冬用の長いオーバーコート、内側に毛皮を張ったブーツ、分厚いマフラーにニットキャップという出立《いでた》ちである。手袋をはめた手をポケットに突っ込み、マフラーを顔のまわりに三回巻いて目だけを出している。それでも寒さが骨身に沁《し》みた。

顎をマフラーの下に埋めようとしている夫を見て、ガメーは笑った。「亀《かめ》みたい」

「凍った亀だ」とポールは返した。

「凍った大亀よ」とガメーは言いなおした。

ポールは身長六フィート七インチ。ブーツを履いて六フィート九インチ近くになる。

正直、サイズの合う服があったのは驚きだった。概して北欧人は背が高い。それが幸いしたのだ。

「氷床コアの保管施設をヘルシンキにつくる理由がわかるよ。電力が落ちても氷は解けないだろうからね」

外気はマイナス八度でワシントンとは五度程度の差しかないが、フィンランド湾から吹き募る湿った寒風で知られるヘルシンキはその評判にたがわなかった。そのうえ午後の四時ごろには陽が沈み、すでに暗くなっている。

「あなたの言うとおりかもしれない」ガメーはなくした小銭でも探すように、ポケットのなかで手をもぞもぞ動かしていた。

「何してる?」とポールが訊いた。

「携帯カイロをいじってるところ」ガメーは両方のポケットに入れていたカイロを揉んで、化学反応を起こそうとしていた。それがすむと毛皮のイアマフの位置を直した。

「これが使い物にならなかったら、ロシアの大きな帽子にするわ。あれは身体全体が暖まるって話よ」

「コミュニストのプロパガンダさ。施設はどっちだ?」

ガメーが見た標識はフィンランド、スウェーデンの二カ国語で書かれていたが、どちらも読めなかった。だが標識には〈ＥＩＣＤ〉の文字もスタンプされていた。「こっちよ。八ブロック。タクシーに乗ってもいいけど、歩いたほうが身体によさそう」

「またもコミュニストのプロパガンダか。でも先導してくれ。よろこんで付いていくよ」

文句は言ったものの、ポールは歩きながら周囲の風景を楽しんでいた。通りの両側に立つ街灯は花飾りと祝祭用の電飾で彩られている。商店の窓からは魅惑的な明かりがこぼれ、ラウンドアバウトの中心には淡い光を浴びて氷の彫刻が飾られていた。

「ぼくらが凍死しなかったら、ここは探索し甲斐《がい》のある場所になるな」

「七月か八月だったらね」とガメーが念を押した。

それもそうだ、とポールは思った。

やがて夫妻は横に広い三階建ての建物に行き着いた。ガラスを三枚張った大窓から流れ出る光が、いかにも暖かそうで人を誘いこむ雰囲気を醸す一方、傾斜のきつい銅の屋根と張り出した鋼製の梁《はり》がモダンなスタイルを主張している。

「ここよ」とガメーは言った。

建物にはいって記名をすませたふたりは、マシアス・ライコネンという男に引き合わされた。長身で痩せ型、うっすら生やした灰色のひげに薄茶色の目。尖った眉に細長い鼻がどこかタカを思わせた。

男と握手をしたポールは後ろに退き、話はガメーにまかせた。人の心を惹きつけるのは、やはりガメーの役目なのだ。

「急な話にもかかわらず、会ってくださってありがとう」とガメーは言った。

「NUMAから連絡をいただけるとは、初めてのことで光栄ですよ」とライコネンは英語で応じた。「あなたがたの組織の評判は以前から聞いています。私でお役に立てることがありますか？」

すでにガメーは大西洋を横断する機上からライコネンに連絡していた。しかし渡航の目的については詳しく告げていなかった。

「わたしたちは南極調査を計画しています。フィンブル棚氷の付近からクイーン・モード・ランドまでの地域を。かつての同僚の研究を足掛かりにして。あなたもご存じかしら。コーラ・エマーソンのことを？」

「ええ、それは」とライコネンは言った。「コーラはしばらくここの常連でした。来るたびにビスケットやケーキを差し入れてくれたりして」

ガメーとしては、遠回しに探りを入れなくてはと考えていたのだが、いきなり本題にはいれそうだと感じた。「彼女がここで何を研究していたか教えてもらえませんか？」

「もちろん。どうぞお掛けください。それと、その重いコートは脱いで。われわれのデータはすべて記録され、デジタル化されてます。いまから私の暖かいオフィスで、ゆっくりご覧にいれましょう」

ポールとガメーは冬着を脱いでいった。その装備を取り払うと数ポンドは軽くなった気がした。人心地ついたところで、ライコネンがデスクに着いてキーボードをたたいた。「コーラが研究していたコアをすべて見たいんですか？　それをすると春までかかるかもしれない」

ガメーはポールに横目をくれるとライコネンに向きなおった。「わたしたちがとくに興味を持ってるのは、コーラの最近の研究なんです。彼女が南アフリカへ発つ直前に調べていたコアです」

「それだったら範囲もせばまるな」ライコネンはそう言ってキーボードをたたいた。「調べてみよう。ああ……これがリストです」

ガメーが椅子を近づけてモニターを覗くと、ライコネンが説明していった。「これらの氷床コアは一九九六年、スウェーデンの調査で発見されたものです。サンプルを採取したのは深度三〇〇メートル——失礼、あなたがたはアメリカ人だから——地下一〇〇〇フィートから約六四〇〇フィートだな」彼はファイルに付された注記を指した。「こうして氷河の位置が経緯度で記されてる。ここをクリックすれば、深さによる化学分解が示されます」

「こいつは想像以上に楽かもしれないな」とポールが言った。

ガメーは、〝運が逃げるからやめて〟とばかりの表情を夫に向けた。

そしてライコネンを見て、「いちばん深い場所からはじめてもらえるかしら?」

ライコネンはスクリーン上で深さの範囲を設定してエンターキーを押した。アイコンが表れ、しばらく処理がつづいた。やがて一組の単語が表示された。ガメーには読めないフィンランド語だったが、アイコン上に引かれた赤い斜線が何かに失敗したことを示していた。

「変だな。ファイルが破損してる。別の深さで試してみよう」

ライコネンはちがう深度をランダムに出そうとしたが、いずれも同じように物騒な赤い文字が表示された。「フォルダー全体が壊れてる。古いコンピュータから新しいものに移したときにおかしくなったのかもしれない」

ガメーはポールに目配せして、作業をするライコネンのほうを向いた。「別のサンプルを試してみたらどうかしら。もっとまえに調べてたコアのものとか」

「もちろん」と答えたライコネンは、識別番号で二番めのコアを選ぶと、それがコーラが調査していたサンプルリストにあることを再確認してデータを要求した。「コーラはこれで実験もしたんですよ。いままで分析されたことがなかったものを」

「見つかったのが一九九六年なのに？」とガメーは訊いた。

「そうなんです。ここには二〇〇万近いコアのサンプルが保管されてます。それぞれの長さが一メートル。適切な検査をおこなうにはごく薄くスライスして、一ミリ単位で調べることになる。ある意味、ヨーロッパ氷床コア保管所《EICD》は図書館のようなものです。しょっちゅう閲覧《えつらん》される本もあれば、長年開かれずに埃《ほこり》をかぶったままの本もある。それでもすべてが取り置かれている。コーラが調べていたサンプルがろくに興味を持たれなかったのは、南極大陸のあまり活発ではない地域から出たものだからです」

ライコネンの説明のあいだ、ガメーはコンピュータの画面に見入っていた。ふたたび検索アイコンが表れ、永遠に思えるようなサイクルを経て例の赤文字の表示が出た。

「これもファイルが破損してる」

ライコネンの頬が紅潮した。ガメーから急《せ》かされるまでもなく、さらに三個のファイルを呼び出したが結果は同じだった。「わからない」

「わかるな」ポールがガメーにだけ聞こえる声でつぶやいた。

「コアそのものはどうなってるのかしら？　施設内にあるの？」

「未処理のセクションに」

「見せてもらえるかしら？　実物をってことだけど」

うなずいたライコネンはさっそく画面上にデータを探した。「九六年の調査で持ち帰られた二〇〇個のコアはいまも保管されてます。そのうち半分は地下五〇〇フィートで採取されたもので、旧館に置いてある」

「施設内に？」とガメーは言って席を立った。

ライコネンはうなずいた。「またコートを羽織ってもらったほうがいいかもしれない」

「外に出るのかな？」とポールが訊いた。

「いいえ」とライコネンは答えた。「でも倉庫内はマイナス三七度です。表より二五度は低い」

ポールがコートをつかむと、ガメーもコートを手にしてイアマフを着けた。「やっぱりロシアの帽子を買っておくんだった」

15

貯蔵施設に向かって、ポール、ガメー、ライコネンの三人は二棟のビルをつなぐ筒状の橋を渡った。この連絡通路は遮蔽《しゃへい》されていたが、暖房もなく保温もされていなかった。そこに足を踏み入れたとたんに冷気が襲ってきた。

通路を歩きながら、ガメーは霜に覆われた窓から外を眺めた。眼下の雪道に、黄色いフォグランプを点灯した小型ヴァンが停まろうとしていた。「また搬入かしら？」

「しょっちゅうですよ」とライコネンが答えた。「駄じゃれじゃないけど、このところ地球温暖化の調査はヒートアップして、いまやEICDはホットスポットです。世界中から氷床コアが届く。グリーンランドや南極大陸のほかに南アメリカ、ユーラシア、ヒマラヤの氷河からも。アフリカはキリマンジャロ山の斜面から採った氷も来てますから」

橋を渡った反対側には密閉されたドアがあった。

ライコネンがキーパッドにコードを打ち込むと、空気の抜ける音がしてドアが開いた。貯蔵庫から風のように抜けてきた空気は、橋の上と変わらない冷たさだった。庫内にはいった三人は一階に降り、ロッカールームに入室した。

そこらじゅうに防寒具が置かれていた。イアフラップ付きの毛皮帽。手袋が並ぶ棚。壁にカバーオールが掛けてある。

「あなたがたの手袋を見せてください」とライコネンが言った。

ポールとガメーは手袋をはめた手を差し出した。

「これでは駄目だな。厚い手袋をして、服の上からカバーオールを着て。たぶん水も飲みたくなるでしょうね。貯蔵庫内は砂漠の比じゃなく、極端に乾燥してます。汗もかかずに、体内からは急速に水分が抜けていく」

夫妻は言われたとおりにした。服装をととのえると、つぎの部屋を経て検査室にはいった。

部屋には作業台が置かれ、そこにコアを極薄にスライスするための精密鋸《のこぎり》が据えられていた。奥の壁際に顕微鏡、ガスクロノメーターなどハイテク機器が並んでいる。

そこに自前の防寒具を着込み、顕微鏡を覗く女性がいた。

「こんばんは、ヘレン」とライコネンが呼びかけた。

顔を上げた女性は、「マシアス」と温かな声で言った。「今夜会えるとは思わなかった。こちらに何か用？」

「お客さんなんだ。さっき話したアメリカの。ぼくらの仕事ぶりを見に、はるばるワシントンからね。で、コーラ・エマーソンの旧い知人だってことがわかった」

「コーラ」ヘレンが言った。「あら懐かしい。最近はどこに行ってるのかしら？」

ガメーはすぐに答えた。「南極に」

「すばらしいわ。わたしにお手伝いできることは？」

「ちょっと問題が起きてね」とライコネンが言った。「コンピュータのファイルがいくつか飛んでしまったんだ」

「物理ファイルは探し出せるけど、別の場所に保管してあるから、二、三日かかるでしょう」

「助かります」とガメーは言った。「わたしたち、純粋な好奇心から、コーラがこちらにいたときに調べてたコアのサンプルを見てみたいなと思って」

「もちろんです」とヘレンは言った。「マシアス、案内してあげてくれる？　倉庫内の道がわかってればだけど」

「面白いことを言うな。コンテナの番号もわかってるんだ。いまから取りにいく。そのあいだに試験台を出しといてくれたら、こっちの作業もはかどる」

三人はヘレンを後に残して保管庫にはいった。驚いたことに、室温は検査室や更衣室よりもさらに三度低かった。この時点で温度差は感じなくなっていた。気になるのは乾燥の度合いだった。

息を吸うたび、空気が喉《のど》と気管を引っ搔《か》いた。目の潤いというものがなくなった。涙まで結晶化してしまうのだ。

「水が欲しくなる理由がわかったわ」とガメーは言った。

大型ショッピングセンターよろしく、天井まである三段の棚が並ぶ保管庫内で、三人の姿は小さく見えた。どの棚にも銀色に輝くチューブがぎっしり詰めこまれていた。その数は数十万にもおよぶ。

「こいつはすごい」とポールが言った。

「各チューブに一メートル分の氷がはいってます」とライコネンが言った。「保管庫自体は一街区以上の広さがある」

ライコネンは話しながら、夫妻を右の奥のほうへと案内した。同じような通路を一〇本以上も横切り、ようやく目的の場所まで来た。

「21-B」と口にして、ライコネンは通路にはいっていった。その途中で曲がって隣りの通路にはいり、さらに先へ行ってもう一度曲がった。「出口が見つかる気がしないよ」

「迷路にはいった鼠《ねずみ》の気分だ」とポールがこぼした。「チーズのありかはもうすぐですよ」

「私たちが鼠なら」とライコネンが言った。「チーズのありかはもうすぐですよ」

ラックに表示された小さな数字をたよりに進んで、ライコネンはようやく足を止めた。「ここだ。ここにあるのが一九九六年の調査で採取されたサンプルです。コーラが調べていたものは上にあります」

ガメーは棚を見あげた。いちばん高い位置で頭上三〇フィートはある。「あなたでも届きそうにないけど」とポールに言った。

「可笑《おか》しなことを言うな」とポールは応じた。「きみには梯子があるじゃないか」

「もっといいものがある」、ライコネンが目の前のラックに組みこまれたキーパッドに近づき、緑のボタンを押した。そして点灯したパッドに必要なチューブの番号を入れた。

トラウト夫妻は角を曲がってくる乗り物にそろって目を向けた。ゴルフカートのサイズだが、幅は半分ほどしかない。電動の無人運転機は三人の前で停止した。

ライコネンはその小さなゲートを開いてデッキに乗りこんだ。「空中作業車です。いっしょに乗りませんか？」

ポールは首を振った。「ぼくは遠慮する。不思議に思われるかもしれないけど、高い場所が苦手なんだ」

「わたしは勇敢だから」

ガメーが作業車に乗ると、ライコネンは別のボタンを押した。背後でゲートが閉じ、電動モーターがふたたび唸りをあげた。作業車は前後に動くのではなく上昇を開始した。

縁から覗くと、脚が鋏《はさみ》のように広がっていった。ガメーが腰丈の手すりにつかまったデッキは、一段めから二段めに昇っていった。滑らかな動きではあったが、面積が狭いだけに危なっかしい感じがする。

三段めまで来てデッキが停まった。ガメーは周囲に目をやった。先のほうまで棚と通路が見える。何列もつづいているその感じが図書館の書棚を思わせる。

「おかしいな」とライコネンが言った。

振り向くと、ライコネンは引き出したチューブの先に付された文字を眺めていた。そのチューブを元にもどし、二本め、三本めとチューブを調べていった。そのたびに焦《あせ》りの色が濃くなっていった。

ガメーの笑顔が消えた。ライコネンに事情を訊ねるまでもなかった。コンピュータのファイルが棄損されていることが判明した時点で、なかば覚悟していたことだったのだ。「コアがなくなっているんでしょう？」

「これは……どうしてなんだ……番号がちがってる。誰かが間違った場所に置いたらしい」

ガメーはチューブの先端に目をやった。カーブした表面に貼《は》られたステッカーにバーコードと数字と文字が表示されている。すぐ近くのコンテナに収められたチューブのステッカーは、いずれも末尾が〈08〉ないし〈09〉で終わっていた。それが年を示すことはわかった。

視線を移すと、その隣りのセクションに〈DG‐96〉で終わるチューブが見えた。

「あれは？」

ライコネンが目を細めながら、デッキを横に移動させようとした。

突然の動きにぎょっとしたガメーは、両手で手すりにつかまった。「つぎに動かすときは声をかけて」

「失礼」ライコネンはチューブに手を伸ばした。「こういうのに馴れっこになっていて、人が落ちるなんて考えもしなかった」

「わたしもおたがいのために馴れるようにするけど。それが正しいサンプル？」

ライコネンはうなずいた。「これは九六年のコアの一本だけど、ちがうところにもどされてる。しかし、ほかのはどうしたんだろう？　三カ所にまとめてあったはずなんだ」

ライコネンはインターコムのボタンを押した。「ヘレン、こちらマシアス。助けが必要だ。誰かがコアの整理を間違ってる」

インターコムに応答がなかった。やがて庫内に風を切るような音が流れた。

「あの音はなに？」とガメーは訊いた。

「エアロック・ドアが開いたんだ」

空気が遮断される音につづいて、くぐもった声と重い足音がした。

ガメーは、インターコムのボタンを押そうとするライコネンの手を押さえた。聞こえてくる足音にただならぬ気配を感じたのである。しかも人数が多すぎる。

「たぶん彼女は応答してこないわ。それにわたしたち、もっと大きな問題に直面してる」

16

保管庫内に立っていたポールは、気密扉が開閉する音を耳にした。そしてコンクリートの床を蹴る靴音。ポールは通路の端まで行って顔を覗かせた。

はいってきたのは男たちの集団だった。上着を着て手袋をはめていたが、それは庫内の寒気対策用ではなかった。武装までした男たちは散らばって捜索態勢の網を敷いた。

ポールは降りてこようとするガメーとライコネンのところまで走ってもどると、手を前後に振って降りてくるなと合図を送った。

まだ合図をしている最中に、武装した男のひとりが角を曲がってきた。

男は銃を構えて仲間を呼んだ。駆けだしたポールが床に飛び込むのと前後して、弱い発砲音が響いた。男が撃った短銃身のライフルにはサプレッサーが取り付けられていた。

ダイブして脇へ転がったポールのそばを弾が跳ねていった。逃げようにも通路の端から遠く離れ、かつ標的としても大きすぎるポールには、銃弾の雨のなかに突っ込むことしかできない。彼は両手を挙げ、ゆっくり立ちあがった。

銃を持った男は標的に目を据え、胸を狙ったまま前方に駆けだした。通路の半ばに達したとき、銀色の氷が詰まったチューブの雪崩《なだれ》が男を襲った。

チューブは肩、膝、足と一度に何カ所にも命中した。一個のサンプルがライフルの銃身に当たり、男の手から落ちた銃はコンクリートの床に落ちた。

この爆撃は効果的だった。チューブは一個が三〇ポンドあり、それが何個もまとまって落ちてきたら相当な重さになる。立ちあがろうとした男にもう一発、氷の筒が今度は後頭部を直撃して、男は顔から床に突っ伏してそのまま気を失った。

ここをチャンスとポールは前に飛び出し、男の下からライフルを取りあげた。

「あぶない」とガメーが叫んだ。

通路の端に男の仲間が現われた。ポールはそこに向けて一発を放つと、すかさず後退した。身を隠した男たちが応射してきた。

頭上からまたも氷のミサイルが発射された。が、距離が足らず、ガメーとライコネンが乗っていた作業車に注目が集まった。襲撃者たちはそちらを狙って銃火をひらいた。

ポールは、ガメーの周囲に置かれたコアのサンプルに銃弾が炸裂《さくれつ》するのを目撃した。氷片と銀色のチューブの破片が八方に散り、光を受けてスノードームさながらの効果が生じた。

ガメーとライコネンに隠れる場所がないとみて、ポールは片膝をつくと通路に発砲した。標的は姿を隠し、弾ははずれたか氷に当たった。

氷のチューブが土嚢《どのう》の代役になりそうだと気づいて、ポールはコンテナからコアのサンプルをいくつも取り出し、ピラミッド状に積みあげた。その後ろでうつぶせに構えて照準を定めた。この姿勢なら撃たれにくく、しかも近づいてくる相手をいい体勢で狙える。

男たちがまたも通路の端に姿を見せた。ポールの銃撃は大きくはずれたが、男たちに身を退かせることができた。

「もっとうまく撃てるはずだ」とポールはつぶやいた。

ライフルをチェックしてみて原因がわかった。落ちてきたコアのサンプルが当たって、ライフルは硬い床に落ちた。その衝撃で銃身が微妙に曲がり、撃った弾が左上方にはずれてしまうのだ。

その修正をしながら三発めを放ったが、やはり調節はむずかしかった。

上からポールの様子をうかがっていたガメーとライコネンは、新たな問題が生じつつあることを知った。短く言葉を交わした男たちのひとりが、後戻りして隣りの通路に姿を消した。

「側面から攻撃を仕掛ける気だわ」とガメーは言った。

「つかまって」とライコネンが声をかけた。「こっちから動いて相手を迎え撃とう」

ライコネンが作業車のジョイスティックを前に倒し、ガメーはその間、かたわらにある氷床コアを作業台のバスケットに積みこんでいった。

作業車がぎくしゃくした動きで通路の端まで移動すると、ライコネンはスティックを横に押した。

ガメーは作業車が転倒すると思った。ライコネンが逆方向に身体を寄せると、どうにかバランスが保たれた。

「これって安定性がよくないのね」

「心配ご無用。ぼくらは毎日こんなことをやってる。下まで降ろして場所を移してから、またデッキを上げるのは時間がかかりすぎる」

ライコネンがスティックから手を放すと、作業車は動きを停めた。

「むこうは来てる?」とライコネンが訊いた。

デッキは通路の端で停まっていた。ガメーは身を乗り出して角のあたりを見おろした。ポールの背後をつこうと男が通路を走ってくる。

「ええ」

「合図してくれ」

ガメーは待った。「いまよ」

ライコネンが再度ジョイスティックを押した。デッキが隣りの通路に進入するのと、走ってきた男が角に差しかかるのがほぼ同時だった。

その衝撃で男は飛んだ。ガメーには少なくとも数秒は宙を舞ったように見えた。床に叩きつけられた男は隣接したコアのラックに突っ込んでいった。

願わくは意識を失ってほしかったが、男は横に転がって自分の位置を覚《さと》ると、ふたりのほうをまっすぐ見据えた。

「困ったわ」とガメーは言った。

ライコネンがジョイスティックをもどした。後退したデッキが棚の角にぶつかった。不安定な揺れがおさまるころには、男のほうが引き金に手を掛けようとしていた。

ライフルの籠《こ》もった銃声がライコネンの絶叫にさえぎられた。デッキに穴が穿《うが》たれていた。後ろに退いたガメーは運よく難を逃れたが、片脚に二発を受けたライコネンが足もとに頽《くずお》れた。

ガメーはコアをつぎからつぎへと投げおろした。狙いも定めず、ただ数をたよりに抛《ほう》った。

銃撃がやんだ隙をついて、ガメーはデッキのジョイスティックを倒した。

デッキは通路を斜めに横切っていき、反対側の収納棚にぶつかった。

また銃弾が飛んできた。

「ここから離れないと」ガメーは敵めがけて凍った最後のミサイルを投げると言った。

「わたしたち、自由の利かない鳥みたい」

「上だ」とライコネンが言った。「上がれ」

ガメーはボタンを押した。デッキがさらに六フィート上昇して停まった。棚のてっぺんと同じ高さだった。

下から押しあげてやったライコネンが収納棚の上に登り、振り向いて手を伸ばしてきた。

つづいてガメーが登ろうとしていると、新たな銃弾がデッキを切り裂いた。ガメーは棚に飛び移った。足掛かりにして蹴ったデッキが立ち木のように倒れていった。作業車から離れられたことにほっとしながら、ガメーは前に這っていった。

「ここなら安全だ」とライコネンが言った。「三〇フィートの氷を弾が貫通することはない。でも、きみのご主人は？　囲まれてしまう」

ポールも包囲される危険を意識しないではなかったが、だからといって打つ手はなかった。通路の端に集まる男たちの姿を追い、その動きをつかもうとした。相手のひとりが発砲を仕掛けてくると、ポールは頭を低くした。何発か命中した小さな氷のピラミッドの崩壊がはじまった。

撃ちかえしたポールは近くの棚の下に転がりこんだ。できるだけ奥まで身体を入れながら、最後の抵抗をこころみるつもりでいた。銃をつかんで通路を覗くと、どうしたことか襲撃者たちは逃げだそうとしていた。

訳がわからず周囲に目をやった。警報は聞こえない。警察やセキュリティの姿も見えない。勝利の瞬間を迎えたかに思われた悪党どもが、突然のように立ち去ろうとするのは合点がいかなかった。

一連の爆発が起きるまでは。

半ダースもの手榴弾《しゅりゅうだん》と発燃剤がつづけざまに火を噴いた。ついさっきまでガメーとライコネンがサンプルを探していた棚に炎が走った。マグネシウムとテルミットが数千度もの高温を発して燃えていた。

最初に起きた数回の爆発で粉砕されなかったものは、つづいた出火によって解けていくだろう。しかも爆発の威力で曲がった支柱は、熱によって脆く変形している。氷を収納する複層の棚がたわみはじめ、ポールのほうに傾いた。何十、何百という銀色のチューブが傾斜とともにすべりだした。

ラックは図書館にあるスチールの書架のごとく倒れ、隣りのラックにもたれかかり、床に這うポールの頭上一〇フィートあたりで食いこんで止まった。

瓦礫《がれき》から這い出たポールは、破壊の跡を無言で眺めた。煙のこもった通路を見通して襲撃者の影を探した。

男たちは、倒れて意識を失っていたひとりもふくめて消えていた。その場に残るのは、床に散乱した千本もの氷のチューブの残骸ばかりだった。

17

南アフリカ、ヨハネスブルク
タンボ国際空港

オースチンとザバーラは大地を踏みしめた。

北へ向かう〈プロヴィデンス〉で睡眠を取ったあと、ふたたび船上のジェイホークに乗りこみ、今度はケープタウンまでの長いフライトをこなした。ケープタウンからは民間機を利用し、ヨハネスブルクに着いたのが午後も半ばのことで、気温は二七度だった。

「このほうが好みだね」空港の出口から縁石に出ると、ザバーラが言った。「誰が拾ってくれるんだ？」

「ルディの友人だ」とオースチンは言った。「名前はリアンドラ・ンディミ。彼女は

NUMAの連絡官だ」

「すばらしい。ポールとガメーから連絡は?」

オースチンは電話をチェックしていた。「ヘルシンキは凍《こご》えそうで、しかも危険だって報告が来てる。ふたりは氷床コアの保管施設内で襲われた。銃を持った最低でも四人の男に。当局が監視映像を調べているが、施設内のカメラはスイッチが切られていた」

「ふたりとも無事なのか?」とザバーラが訊いた。

「怪我をしたって報告はない。だが襲撃者は発燃剤と手榴弾を使って、ふたりが探してたコアを破壊していった。コンピュータの記録は改竄《かいざん》されていたが、それがコーラのしわざだと信じるだけの理由はある」

「つまり、振り出しにもどるってわけか。ここまで氷に執着する連中の話を聞くのは、アントワープの圧縮炭素の件以来だな」

たしかにそうだった。オースチンは電話をしまった。「ミスター・ロイドのほうでうまくいくことを祈ろう」

ザバーラが近づいてくる車を指さした。「お迎えが来たらしい」

ベージュの小型ヴァンがパッシングしてきた。縁石に寄った車の助手席側の窓が下り、運転していた若い女性が笑顔を覗かせた。翡翠《ひすい》を思わせる緑の瞳、滑らかなブラウンの肌、髪は後ろでまとめている。

「ルディが拾ってくれと言ってきたさすらいの旅人って、あなたたちふたりのことね。正直、ルディが言うほどみすぼらしくないけど」

笑いながらバッグを担《かつ》いだオースチンは、ザバーラの視線に気づいた。「ルディは、他人に期待を持たせないようにするんだ」

「そうしとけば、がっかりされることもないし」とザバーラは付け足した。

リアンドラは頬笑んだ。「がっかりなんてしてない。それどころか、〈ワラタ〉の謎を解いた人たちに会うのを楽しみにしてた。あの船が発見されて、この国の人たちがどんなに喜んでるか想像もつかないでしょうけど」

〈ワラタ〉とは一九〇九年、南アフリカ沖で消息を絶った定期船のことである。オースチンとザバーラは、失踪船をめぐる一世紀もまえのミステリーの解明に手を貸した。そしてNUMAが回収した〈ワラタ〉をケープタウンまで曳航したのだった。

「ぼくらは関係ないんだ」オースチンは助手席のドアを開きながら言った。「ジョーがいろいろ言っても信用しないように」

オースチンが車に乗りこみ、ザバーラは荷物を後ろに載せてシートに座った。

「友人の主張は、厳密に言えば正しいけどね。ぼくらはもともと先祖が船を乗っ取った狂人の相手をするんで手一杯だったんだ」

ザバーラがドアをしめると、リアンドラはヴァンを動かして車の列に合流した。

「その顚末《てんまつ》を聞きたいとこだけど、ふたりには読んでもらう書類と、参加していただくパーティがあるの」

「パーティ？」とザバーラは訊いた。

「毎年開かれてるライランド・ロイドの資金集めのイベント。彼が気に入ってる政治家と自分の動物保護区のための。つまりはコネと善意をだしにした本人への利益誘導よ」

オースチンが聞かされていた情報では、そのパーティの招待客は限定されているはずだった。「ルディがぼくらを招待リストに入れたのか？　それとも、ケータリング要員として忍びこむことになるのかな？」

「招待状は三枚ある」とリアンドラが言った。

「三枚？」

「ルディはわたしにお目付け役をやれって」

オースチンは笑った。「それはいい。ひげを剃《そ》ってシャワーを浴びる時間は？」

「残念だけどないわ。ライランドの家まで、ここから三時間。奥地にあるの」

「こいつはぼくのいちばんのTシャツだけど」とザバーラが言った。「高級なパーティには入れてもらえそうもない」

リアンドラは声をあげて笑った。「後ろにタキシードを吊るしてあるわ」

オースチンは肩越しに振りかえった。フックに三個のガーメントバッグが掛けられていた。「ルディがぼくらのサイズを把握してるといいんだが。で、彼から送られたファイルというのは？」

リアンドラは片手で車をさばきながら、空いた手でドアポケットからマニラ封筒を二通取りあげた。それを受け取ったオースチンは一通を手もとに置き、もう一通をザバーラにまわした。

ファイルには、ライランドと〈マタ石油〉に関する新情報がふくまれていた。ライランドの地所に向かう長い道中、それに目を通して議論する時間はたっぷりあった。

「きみはこれを読んだのか？」とオースチンはリアンドラに訊ねた。

「読んだかも」リアンドラは笑顔で答えた。

「感想は？」

「わたしたちの友人のライランドは相当な変人ね。その才覚と野心で資産数十億ドルのコングロマリットを築いたのに、無謀な真似をして破産の危機に立たされて。一夜にしてだめなビジネスマンになったって感じ」

オースチンは財務報告書を読んでいった。ライランドは貸付けの拡大をめぐり、債権者たちと交渉をおこなっていた。それと並行して、鉱山開発の目的で広大な土地を買い漁ってきた。「これを見ると、石油会社で借りた金を採鉱事業で使ってる」

「その使い方がまともじゃないの。地質学者のレポートによれば、彼が買った土地はまるで価値がないって」

オースチンはファイルを繰り、リアンドラが言及したレポートを見つけた。ライランドが購入した用地は大規模で、しかも辺鄙《へんぴ》な場所にあった。人跡未踏といった土地で、いまだ地質調査はおこなわれていない。まともな分析といったら、合衆国政府が基本の地形と似たような地質構造から評価をくだしたものだが、それがなんともお粗末な結果だった。

「われわれの知らない何かをつかんでるんじゃないかな」とザバーラが口にした。

その可能性はある。採鉱で儲けるいちばんの方法とは、他人が見向きもしない土地でまさに金を――あるいはプラチナ、ロジウムなどさまざまなレアアースやレアメタルを掘り当てることである。しかし、彼が所有する鉱山の乏しい産出量からみて、ライランドにその才があるとは思えなかった。

「ホームランを狙ってるんだ」とオースチンは言った。「彼はウガンダ、ケニヤ、コンゴに土地を買ってる。ニューギニアやエクアドルはもちろん、ブラジル北部にはオクラホマほどの広さの土地がある」

ザバーラがさらに指摘した。「インド洋の島々とか、太平洋にもいくつか島を買ってるぞ。ほとんどが無人島らしい。ひとつは三〇年まえに役目を終えたグアノ島だ」

「グアノ島?」とリアンドラが訊きかえした。

「鳥の糞だよ」とザバーラは言った。「最高の肥料なんだ。何百万羽も鳥が棲んで、雨が少ない島に堆積《たいせき》したものさ。聞くと気味が悪いけど、一トンの大地を掘って取れる金より価値があるんだ」

「取り尽くしてしまったら」オースチンは言った。「三〇年じゃ元にもどらない。何世紀もかかるから価値が出る」

リアンドラは肩をすぼめた。「だから言ったじゃない、だめなビジネスマンだって」

オースチンは、新たに取得された所有地を写した大量の衛星写真を眺めた。小規模の開発が散見される以外は手つかずの土地である。採掘をしている形跡はなく、ひたすら木々と草原ばかりの未開の大地が広がっている。島はどれも似たような状態だった。防波堤が築かれているところが何カ所かあり、貯蔵庫の金属の屋根があちこちに見えるが、生産活動がおこなわれている様子はない。

顔を近づけると、よけいにわからなくなる。細部からはなにも判別できないと気づき、目を離してより大きな絵を頭に描こうとした。

新たな所有地は、一カ国またはひとつの地域に集中しているのではなく、何か政治的な意図があるようにも思えなかった。オースチンが見るかぎり、ライランドは民主国家にも専制国家にも、安定した国にも不安定な国にも土地を買っていた。ひとつの地勢や地質にこだわっているわけでもない。山岳地帯も渓谷もあった。一〇万エーカーの熱帯雨林と、その倍の広さの砂漠も手に入れている。

唯一気づいたのは地理的なことだった。ライランドが新しく所有する土地は、すべて赤道から数度以内におさまっていた。緯度はいずれも一桁《けた》台で、北や南に偏ったものはない。

島は広範囲に散ってはいるが、どれもインド洋や南太平洋といった高温多湿の地域にあった。

「金持ち連中っていうのは、島を独り占めしたがるのさ」とザバーラが言った。「この男が持ってるのは、いま二〇を超えてる」

その島の選び方も奇妙で、大半が海抜の低い珊瑚島で、なかには最近満潮時に嵐が襲い、人が住めなくなった島もふくまれている。島が危険だと知った住民五〇〇人がオーストラリアに移住し、ライランドがその一年後に何から何まで買い取った。オースチンがそれを指摘すると、ザバーラも当惑していた。「意味不明だな。あと何年かしたら、海面上昇で島が消えちまうのに」

オースチンはうなずいた。ライランドの行動には意味があるはずなのに、それが見えてこない。

車はヨハネスブルク郊外を過ぎ、農地の間を走っていた。そこから一〇〇マイル、南アフリカの最北部であるリンポポ州にはいると、そこで車を停めてイブニングウェアに着換えた。

蛇行する複数の河川で隔てられたこの田園地帯は、過ぎ去った時代のポストカードの風景を思わせた。なだらかな起伏をなす丘陵には、物珍しい樹木や動物の姿がある。ある谷では水牛がうろつき、川の土手にワニが何十匹も寝そべっていた。

車にもどった三人は残る道中を急ぎ、太陽が背後に沈みはじめるころ、赤土の未舗装路にはいった。

「ここがライランドの地所よ」とリアンドラが言った。出来て間もない道路の脇には、先端に角度をつけて有刺鉄線をめぐらした高さ一二フィートの鋳鉄《ちゅうてつ》製フェンスがつづいた。五マイル走ってふたたび角を曲がると、二頭のライオンの石像を過ぎ、一九世紀の狩猟用の別荘《ロッジ》を彷彿《ほうふつ》させる広いヴィラに向かって、一〇〇〇ヤードのドライブウェイを走った。

その外観は、草葺《ぶ》きの屋根を松の梁が支える素朴なものだった。広々としたロビーに魅力を添えるのが時代物の調度と、ヴィクトリア朝の制服に探検帽《トーピー》をかぶるウェイターたちの存在である。天井でゆったり回るファンの羽根は地元産の木を彫り、アカシアとヤシの葉に見立てたものだ。

「いいところだな」とオースチンは言った。

「ここは家なのか、それともホテル?」とザバーラ。

「その両方ってとこかしら」とリアンドラが答えた。「ライランドはここでかなりの時間をすごすけど、ゲストが滞在したり催しを開くこともできるのよ」

「調べてきたような口ぶりだ」とオースチンはからかった。

「調べたわ。結婚式をするなら、ここはもってこいの場所ね。残念ながら、こちらの予算とは少々見合わないけど」

「結婚する相手にもよるだろう」

リアンドラは微笑した。「どうやらわたしって、貧乏な自信家がタイプみたい」

オースチンはザバーラに目配せした。「おまえにもチャンスありだ」

ザバーラは一瞬とまどっていた。「こいつはわかっちゃいない……つまり、うれしいけど、こっちはなにも……」彼は気を取りなおして窓の外を眺めた。「よかった、駐車係がいる」

サファリの出立ちをしたひとりが駆けてきて、リアンドラのドアをあけた。男は三人の招待状を確かめると、セキュリティチェックに並ぶ短い列ができていた正面玄関のほうを指した。

招待客は全員が一部の隙もない服装をしていて、三人も例外ではなかった。オースチンとザバーラはタキシードにフレンチカフスのシャツ、ソリッドなボウタイに磨きあげられたイタリア製の靴。リアンドラのほうは、ボディの部分と透けた袖に細かな刺繍《ししゅう》がほどこされた黒のドレス。尖ったヒールがその姿を完璧にしている。

金属探知機を通過した三人は、ホステスからシャンパンのフルートグラスを渡された。「メインバーは一階下で、サイレント・オークションに出される品は最下階にあります。夕食は一時間後にベランダにご用意します」

シャンパンのグラスを手に、オースチンが先に立った。「探検しようか」

足を踏み入れたロッジは、広々としたテラス式の構造になっていた。三人は残るロビー部分を見おろす最上階のバルコニーに立った。階下の贅《ぜい》をこらしたフロアは三層すべてが曲線状の階段でつながれ、ロッジ裏手は透明な壁に包まれていた。ガラスと遜色《そんしょく》ない六フィートの透明アクリルが端から端まで渡されている。そこにおさまる景色は絶景というほかなかった。

遠く夕陽に染まり、赤や茶色に輝く山並み。眼前の渓谷は緑と黄色が混じりあい、低木の根元で枯れ草が毛足の長いカーペットさながら微風に揺れていた。谷の中心に位置する大きな池のほとりには野生動物が集まり、岸辺に並んで水を呑むゾウがいれば、反対岸には残日の光を浴びようと身体を伸ばすキリンもいる。

「これぞ一〇〇万ドルの景色だな」とザバーラが言った。

「一〇〇万ドルじゃ利子にもならないわ」とリアンドラが言った。「ライランドは土地だけで五〇〇〇万ドルを使ってる」

オースチンはシャンパンを口にして踵《きびす》をめぐらせた。どっちの方向へ行っても、部屋の両側に設けられた階段は曲線を描いて二階で合流し、その先に三人のバーテンダーが控える豪華なバーがある。

階段を降りていったオースチンは、その設《しつら》えに感心しないではいられなかった。バーの天板には薄い花崗岩《かこうがん》が用いられ、下から暖かな黄色の照明が当たっている。奥にある巨大水槽は世界の主要な水族館に置かれてもおかしくないようなもので、その場に水の色合いを醸している。

バーに着くと、オースチンはシャンパングラスを置き、ウィスキーのタンブラーを注文した。バーテンダーが酒を注ぐあいだ、水槽ではめったにお目にかかれない魚がしきりに円を描いていた。

「興味深いコレクションだ」目に留まった珍種のなかにはヨーロッパウナギもいたし、水槽の底あたりに群れる桃色がかった魚はカサゴの一種だった。

「可愛いわ」とリアンドラが言った。

「絶滅が危惧《きぐ》されてもいる」とオースチンは指摘した。「面白い」

バーテンダーが球形の氷の上に注いだウィスキーのグラスを差し出した。オースチンは礼を言うと、バーを背にして周囲に見入った。

招待客が続々と到着して、どの階層もすこしずつ混みはじめていた。「じきに満員になりそうだな」

「わたしたちも目立たなくなりそうね」とリアンドラが言った。

「他の客にとっても同じだ」

数十もの知らない顔を検《あらた》めたのち、オースチンの関心はビデオスクリーンに映し出される動物保護区の宣伝のような映像に移っていた。音は消されていたが、見たところ動物たちは本館と一四〇ボルトの電流が流れるフェンスが立つ道路から離れて、自由に動きまわっているらしい。

二本めの映像で、保護区にはゾウが四九頭、絶滅が危惧されるクロサイが三〇〇頭、シマウマ五〇〇頭ほか、数知れない水牛やワニ、ハイエナが生息していることがわかった。最近になって、世界の動物園と保護区からライオン一五頭が買い集められた。この雌雄の群れを放し飼いにするのがライランドの計画だという。

「大したコレクションだ」オースチンはそう言って酒を口にふくんだ。

「動物と人間」とリアンドラが応じた。「知りたければ、ちょっとした情報があるんだけど」

「ぜひ」

リアンドラは階段のほうに顎をしゃくった。「さっき通り過ぎたロシア人はセルゲイ・ノヴィコフ。建設業界の大物よ。彼の会社は港やショッピングターミナルを造ってる」

「どこかで見たことがある」とザバーラが言った。

「彼は、気候変動は国際貿易にとっていいことで、ロシアにとってはとりわけすばらしいことだって公けに主張してるの。北極海の氷が全部解けたら、北極圏で石油を掘るつもりよ」

「すなわちライランドとは盟友ってことになるな」とオースチンは口にした。

「さっき、北京語を話す連中としゃべってた」とザバーラが言った。「間違いかもしれないけど、その集団のリーダーはジャオ・リャンとよく似てた」

「〈リャン海運〉の？」とリアンドラが訊いた。

ザバーラはうなずいた。「タンカー会社の。大小一〇〇隻以上の外航船を持ってる」

「港と海運と。ライランドは新しいビジネスに参入する気なのかしら」

「そんなに金があるのかな」

その会話にオースチンも参加した。「ぼくが動物を眺めてる間に、きみたちは本物の野生生物の観察をしてたんだな。こっちも頑張らないと」

「いつも口を酸っぱくして言ってるんだ」とザバーラが言った。

「物覚えが悪くてね。じゃあ人探しをはじめるとするか」

バーを離れた三人は招待客の波に揉まれていった。が、きらびやかな面々のなかにこれといった相手も見つからないまま、結局は最下階まで降りてサイレント・オークションに出品されるアイテムを眺めていた。珍しい収集品、ミシュランの星付きレストランでのディナー、アンティークの宝飾などのありがちな品に混じり、気になるものが見つかった。

「これを見ろよ」とザバーラが言った。「ガイド付きサファリと猛獣狩りだ。落札者にはロッジを使って、雄のゾウ、角があるシロサイ、または雄か雌のライオンを撃つ権利があたえられるって。このサファリはたんなる見せかけじゃないらしい」

世界中のライオンを救うという計画が、いきなり胡散《うさん》くさいものに変わった。オースチンが口をはさもうとすると、階段の上に、上品な服に身を包んだ長身の男が現われた。男はスターリング銀のナイフでフルートグラスの側面をベルのように鳴らし、注目を惹いた。

「時の人」とリアンドラが言った。「ライランド・ロイドよ」

細長い面相をしたライランドは、ていねいに櫛《くし》を入れた髪を無造作に下ろしていた。それが垂れた目、ととのえた顎ひげと相まってトランプのキングを思わせる。

「お集まりくださってありがとう」と男は切り出した。「わがロッジで、みなさんが素敵な夕べをすごされることをお約束します。心ゆくまでお楽しみを。そして、選挙が突然にやってくることはお忘れなきように。それはつまり、われわれに小切手を引き換える暇はなく、ご寄付は現金でお願いしたいという意味であります」

客の間に笑いが起きた。

「おそらくみなさんは、ただいま仕度をしております、イノシシのすね肉の蒸し煮に涎《よだれ》を垂らさんばかりでしょう。かく言う私もそのひとりです。しかし、みなさんをその美食の愉《たの》しみへと向かわせるまえに、南アフリカにおける産業化の新たなる波と、その新たなる夜明けについて私からひと言、ふた言申しあげておきたい」

ライランドは実業家というより政治家よろしく、アフリカ大陸の経済的な原動力としての南アフリカを巧みに表現していった。その変化の一端を担う人々に幸運をもたらす、南アフリカの宿命について力説した。

挨拶《あいさつ》が終わるとともに歓声があがり、ライランドは大げさにお辞儀をしてみせるとバルコニーから退いた。

階段を降りてきた男は何人かと握手を交わすと、離れた別棟に通じる廊下のほうへ足早に歩いていった。

オースチンはグラスを置いた。「彼と話すチャンスだ」

「むこうがバスルームに駆けこむところだったら?」とザバーラが返した。

「その場合には、無理やりお邪魔する。完全なプライバシー付きで」

18

オースチンはフロアを横切って階段を昇った。ごった返す客をまわりこむと、廊下を行くライランドの姿が見えた。ライランドは施錠されたドアの前で立ちどまっていた。

ライランドは取り出した鍵で開錠し、ドアを押しあけた。部屋にはいってドアから手を放した。

オースチンは最後の三〇フィートを走り、閉じる寸前の隙間に足を突っ込んだ。ドアに手を置いて押しながら、ここで警備員か押しの強い秘書、あるいはライランド本人と対峙《たいじ》するのを覚悟しながら前に進み出た。ところがライランドのオフィスにいたのは……オースチンひとりだった。

主《あるじ》の姿を探しながらオフィスの内装に注目すると、やはり狩猟用別荘《ハンティング・ロッジ》のテーマに即したもので壁板は暗く、床にはライオンの毛皮が敷かれ、光沢を放つ曲線的なマホガニーのデスクの前に張りぐるみの椅子が二脚据えられている。

飾られていた動物の頭のなかにはストライプのみごとなシマウマや、かつて見たこともない大きさのイボイノシシもあった。また壁の別の場所に掲げられていたのはシカらしき動物の頭と肩の部分で、その長い角は芸術的に曲がりながら上に伸び、そこから身体のほうに向かっている。

すべてが野生と狩猟の記念品《トロフィー》ではなかった。額装された製油所の青写真も壁に掛けられていた。その下に、氷のプラットフォーム上から海底を掘る様子を表現した、洋上の石油掘削装置《オイルリグ》の模型が置いてある。そのケースの側面に貼られたカードには〈ハバクク51：5〉と記されていた。

プラットフォームの名称と形式番号だろう、とオースチンは推測した。

室内の検分を終えたオースチンは、ライランドのデスクの背後にあたる壁に吊られた木の銘板を見つめた。そこにはある引用が彫りこまれていた。

分別ある者は自分を世の中に合わせる。分別なき者は頑なに世の中を自分に合わせようとする。よって、すべての進歩とは分別なき者にかかっている。

——ジョージ・バーナード・ショー

オースチンがそれを読み終えるころ、脇にあったドアからライランドがオフィスにはいってきた。片手にコニャックのボトルを持ち、反対の手にナイフを握っていた。ライランドはオースチンの姿を見てたじろいだ。プライベートなオフィスに他人がいることに戸惑っていたが、警戒するそぶりは見せなかった。「道に迷ったかな。パーティはホールで開かれてる」

「そっちから来たんです」とオースチンは言った。「あなたのスタッフは本当にすばらしい」

「その言葉は私から伝えましょう。で、そんな気のない称賛を尽くそうという方はどなたかな？」

オースチンは握手の手を出さなかった。ライランドはボトルとナイフを手にしたままだったし、ましてやこの出会いを打ち解けたものにしようという雰囲気は微塵《みじん》もなかった。「私はカート・オースチン。国立海中海洋機関の人間です。ワシントンＤＣから来ました」

「ああ」ライランドの顔に納得の表情が浮かんだ。「パーティにあとから参加を申し込まれた。あなたとあなたの同僚、ミスター・ザバーラとミス・ンディミで」

オースチンから目をそらしたライランドはナイフをボトルの首の部分に当て、封蠟《ふうろう》を切って栓をあけた。酒の香りがオースチンにも届くようにすると、自分でもゆっくり息を吸って満足そうな顔をした。

「コニャックです。二一年物ものの。XO。ナポレオン・リザーブともいう」

「上物だな」とオースチンは言った。

「間違いない」ライランドは、オイルリグの模型の傍らにあるトレイからチューリップ形のグラスを二脚取ってデスクに並べた。「あなたがここに来たからには、ミスター・オースチン、酒を酌《く》み交わすのもいいでしょう」

それぞれのグラスに金色の液体を軽く注ぐと、ライランドはボトルを置いて腰かけた。「おそらくご存じのこととは思うが、コニャックは飲むまえに呼吸をさせなくてはならない。熟成二年につき、まる一分置くのが正しいとされる。飲むまで一〇分はかかります。その間に、あなたがここに来た理由を伺いましょう。そちらが私の関心をつなぎとめておけると仮定して」

こんな形のもてなしは予想していなかった。オースチンはいまに至るまで、力を有する男女と数々顔を合わせてきたが、他者にいきなり、それもアメリカの政府機関に属する得体の知れない招待客に勝手に侵入されて喜ぶ者などいなかった。ライランドには、これをひとつの挑戦として歓迎するようなところがあった。

オースチンは椅子に手をやった。

「どうぞ」とライランドは言った。

腰をおろしたオースチンは、まるでわが家のようにくつろいだふりをした。「みごとなコレクションだ」と、あたりを見まわして言った。「これだけのものを集めるとは、飾りつけた方の腕は大したものです」

「私がやったんですよ」とライランドは答えた。

当然だろう、とオースチンは思った。そしてそれを口にすることで、ライランドが自らの手柄を自慢せずにはいられないタイプであるとわかった。オースチンにとっては好都合だった。

「この猛獣はどれも私が仕留めたものでね」とライランドはつづけた。「しかも最新のライフルではなく、一九〇九年に製造されたボルトアクションのスプリングフィールドを使って」

ライランドは自分の椅子で、オースチンの客用の硬い椅子ではあり得ない角度まで背を反らしてみせた。「どれも大変だった。たとえばあのイボイノシシ。四発命中させて、あわや殺される寸前に至近距離から五発めを当てた。本当に危険だ、イボイノシシは。それからアイベックス……あの美しい獣が、ほぼ一〇〇〇ヤード離れた岩肌に立っているところを一発で仕留めた。あれが谷に墜《お》ちないように、後ろに倒れるように撃たなければならなかった。そうしないと身体が傷ついてしまうのでね。われながらうまくやった」

「ライオンは？」

「あれは私を木の上に追い立て、すでに人夫にも怪我を負わせていた。手負いの状態で追いつめてきた。私の脚を鉤爪《かぎづめ》で引っかき、歯を剝《む》き出して襲ってきた。私はやつの喉元めがけてライフルの引き金をひいた」

「むこうが頭を使えればな」とオースチンは言った。

ライランドがじっと見つめてきた。その当てこすりを笑い飛ばしたものか、腹を立てたものか決めかねている様子だった。「申しあげておくが、やつらはとにかく狡賢《ずるがしこ》い。臆病《おくびょう》だなんてとんでもない」

「たしかに。動物たちが銃を持てば、もっと面白いことになるな」

ライランドは目を細めた。「狩りはお嫌いかな？」

オースチンは両手を挙げてみせた。「かならずしも反対してるわけじゃない。私は肉を食べるし、生命の循環というものを理解している。私が反対してるのは、狩りつくそうとする無分別な行動ですよ。それも絶滅の危機に瀕《ひん》している動物を狙うような。ここアフリカでは、そういったことが加速度的にふえている」

「世界の種を絶滅に追いやろうとしているのは密猟者だ」とライランドは言った。「ハンターではない。密猟者はハンターの一〇〇倍も殺している。空気の汚い都市に住む有力者に、ただ象牙《ぞうげ》を贈ろうとするためだけに」

「にもかかわらず、あなたは自分の保護区で狩猟を認めている。猛獣狩りをオークションに出した。そんな動物たちを殺してしまうより、生かして繁殖させたほうがいいんじゃないですか？」

オースチンが話しているあいだ、ライランドは首をかしげていた。素直に耳を傾けているようにも見えた。「私が狩りを認めるのは繁殖年齢を過ぎた動物だ」とライランドは説明した。「ここで撃たれるのは、野生で狩られるような動物ではない。つまりこの保護区を拡大する資金であって、しかも密猟者を取り締まる警備員の収入源になるというわけでね」

オースチンは反論しなかった。この問題を持ち出したのは、ライランドのペースを乱せないかと思ったからだ。が、これは明らかに失敗だった。

ライランドの後ろにある時計を見ると、まだ三分しか経っていない。ブランデーの芳香が室内に満ちていたが、テイスティングの時間まではまだ待たなくてはならない。そこでもうひと押ししてみることにした。「あなたの妹さんも、ハンティングは喜ばないんじゃないだろうか？」

「私の妹？」

「イヴォンヌですよ」

ライランドはふと眉根を寄せた。「この話と妹と何の関係があるのかな？」

「あなたにとって、彼女は悩みの種だった。あなたの描く未来像にきつく反発していた。あなたのプロジェクトをマスコミ上で攻撃して、南極を掘削しようというあなたの構想に反対する勢力の結集をはかった」オースチンは話しながら例の模型を手で示した。

ふんぞり返ったライランドの顔に本物の笑みが浮かんだ。なぜかはわからないが、オースチンが攻めるほどうれしそうにしていた。「きみはそうした試みについても無分別だと考えているわけか」

「そんな計画は費用がかさむし、無謀だ。何千という油井が操業を止めているのに、手つかずの自然をわざわざ掘りかえす必要はないでしょう」

ライランドはいくつか理由を思いついたとばかりに頭を反らしたが、結局はそれを受け流した。「私の大いなる夢でね。しかし世界に石油があふれているなら、凍った大陸に資金を注ぎこんで穴を掘ろうなどという人間はいない。これは断言しておくが、あそこには石油が眠っている。油の価格が上昇すれば、南極の調査と掘削を禁止する国際条約は都合よく忘れ去られてしまうだろう」

「で、あなたはその先頭に立とうとしている？」

「先頭に立つだけじゃない。私はその道筋をつけようと思っている」

「なるほど。あなたは〝分別なき者〟だから」

憤るかと思いきや、ライランドは顔を輝かせた。世辞を返しさえした。

「きみも同じだ。でなければ、家まで押しかけてきて私のオフィスにはいりこみ、他人のビジネスの方法から金の使い方、はては生き方にまで注文をつけたりはしないだろう？」

オースチンはかすかにうなずいた。ライランドは彼なりの表現でオースチンのことを語ってみせたのだ。「きつく言いすぎたかもしれない」

「とんでもない」とライランドは言った。「私が想像したとおりの人間だ。そう、きみのことは読んで知っていたよ。カート・オースチン、国立海中海洋機関特別任務部門の責任者。私が目を通した報告書が正しければ、世界はきみの思惑以上にたびたびきみの意志に屈してきた。分別なき者という言葉がぴったりだ」

今度はライランドのほうがコニャックのグラスに目を向けた。だが、オースチンが数分まえに気づいたように、まだ時間は足りていなかった。ライランドは話にもどった。

「それで、なぜきみはここにいる？　きょうは世界のどこをきみの意志に従わせようというのかね？　未来を変えるつもりか？　それとも過去？　その両方かな？　乾杯をするまえに、きみが何を求めて私の関心を惹こうとするのか訊ねる資格はあると思うが」

「あなたと個人的に話をしたかった」とオースチンは答えた。「妹さんのことで」

「ほう。また妹の話か。妹が今度は何をしたって？　アメリカ政府のもとに駆けこんで、南極を汚染して環境を破壊し、アザラシの子どもを殺そうという私の秘密のプランを注進におよんだとでもいうのかね？　言っておくが、これはすばらしい計画だ。すでに進めているところだ」

「行方がわからなくなってる」とオースチンは穏やかに言った。「そして残念ながら、死亡はほぼ確実とみられる。そのことを内密にお知らせしたほうがいいんじゃないかと思って」

ライランドは虚《うつ》ろな目でオースチンを見た。さながら適解を求めようと、内部の論理プログラムをゆっくり作動させているといった感じだった。「そうか……」と、ようやく切り出した。「それは……つらい報《し》らせだ……報道が出るまえに教えてくれてありがたい。その経緯は？」

「われわれもすべてを把握しているわけじゃないが」とオースチンは断わってから、「ご存じかもしれないが、彼女は南極の科学調査に参加していた。その帰途に、乗っていた船がトラブルに遭遇して」

「つづけてくれ」

「奇妙なことに、誰もその船を捜索していないようだった。こちらで発見できたのは、NUMAの観測機がリモートのソナーブイを落下させた際に上空を通過したからだ。われわれは調査におもむいて支援をおこなった。船はすっかり凍りついていた。何カ月とはいわないまでも、何週間も漂流していたはずだ。そのうえ乗員全員が撃たれていた。運悪く、船の状態も悪くてね。証拠集めや遺体の収容ができないうちに沈没した」

ライランドの表情が、まるで頭のなかで謎が解けたとばかりにゆるんだ。「南極調査」と言った声には狼狽《ろうばい》の気味があった。「たしかに、妹は私が出した金でやろうとしていた。それは当然だろう。少なくともあいつにしてみれば。妹の心の内では、私は世界を汚す邪悪な実業家だ。自分は世界を救おうとする〝白い騎士〟でね。私からの援助を利用するなら、雪やペンギンの研究でもすればいいんだ。あいつの役立たずの友人たちといっしょで」

オースチンは、ライランドがコーラのことを言っているのだと思った。それにしても、驚くほど感情が欠落している。「こっちの話をちゃんと聞いてもらえたんだろうか。これは事故なんかじゃない。船の乗組員は銃で制圧されたんだ」

「きみの話はじつにはっきりと聞いた」とライランドは力を込めた。「それで、ちっとも意外に思わない。あいつの過激な本性を知っていればな。妹には敵が大勢いた。まるでトロフィーのように集めていたんだ。あいつは私のところばかりか、他の企業も攻撃した。友人と仕組んでレソトの鉱山に爆弾を仕掛け、メインの水平坑や進入坑をつぶした。鉱山の被害は広範囲におよび、その修復の負担がたたって会社は倒産に追い込まれた。損害を受けたパイプラインにコンピュータでハッキングして、過負荷をかけたあげくポンプ場を破壊した。去年には寄港修理に向かう日本の捕鯨船に穴をあけた。捕鯨船はケープタウン港で沈んだ。油と有毒化学物質を流出させたことも付けくわえておこうか。そして六カ月まえ、うちの洋上リグが破壊工作の標的になった。

その際、警備員二名が妹と仲間の手で半殺しの目に遭わされた。腹が立ったよ、でもしょせん妹のしわざだと思って目をつぶった。あいつが攻撃したなかにはより残酷で、受けた苦痛の見返りにヴェニスの商人よろしく、一ポンドの肉を求めかねない連中が進めている事業もあった」

不意に気を昂《たか》ぶらせたライランドだが、すぐに落ち着いた。「死んだと聞いて可哀そうだとは思うが、正直言うと、妹は平和的な環境保護活動家じゃない。あいつはテロリストだ」

「テロリストだった」とオースチンは正した。

「そう。もちろん。過去の話だ」

「しかも、どうやら分別なき女性でもあった」

ライランドはオースチンを睨《にら》みつけると、やがてそれを認めた。「そういうことだ。われわれ兄妹が似てる点はそこだけだ」

オースチンには、このやりとり全体が面妖に思えた。なにしろ、ライランドは妹の死を自業自得と決めつけているのだ。「妹さんと友人たちが南極で何をしていたのか、心当たりはありますか?」

「というと?」

「あなたは彼らのことを破壊工作者だと言う。だったら、彼らが氷河に行く理由は何なのか。採鉱とか地下の石油を掘ることじゃなさそうだ。というか、あなたがこっちの知らない何かを隠してるなら別だが」

「私が知って、きみの知らないことならいくらでもある。しかし妹をそんな行動に衝き動かした原因は、この人生が終わるまで私を悩ませることになるだろうな」

オースチンは丁重にうなずくと無言を通した。

ライランドは溜息を洩らし、置いたままのグラスを見やった。「あいつに乾杯をしよう。そしてあいつの船を救おうとしたきみの勇敢な行為に」

ライランドはグラスをオースチンのほうへ、磨かれたデスクの上をゆっくり、そしてさりげなく滑らせた。オースチンがグラスを取ると、やはりグラスを手にした。それを鼻の下で軽く振って匂いをかぐと、今度は高く掲げた。「跳ね返りの妹に。死後にどこへ行こうと、あいつが平安を得られますように」

オースチンは恭《うやうや》しくグラスを持ちあげ、コニャックを口にふくんだ。かすかにナツメグとドライアプリコットの香りがした。ライランドは最高級のボトルを選んだのだ。その味わいを楽しみながらライランドの背後にある時計を見ると、なんとまだ七分しか経っていなかった。分別なき男は三分も早くグラスに手を伸ばしたことになる。

19

オースチンがライランドと乾杯していたころ、ザバーラとリアンドラは目についた外国の招待客を観察していた。

「あの〝国際人たち〟は、どうしても壁の花に徹する気だな」とザバーラは言った。

「それで変に目立ってるけど」とリアンドラが言った。「せっかく遠くから来たのに、交流が一切ないし。社交家とは言えないわ」

「同じ穴の貉《むじな》なのさ。あの場所から動いてないし、夜通し内輪だけでしゃべってる。ロシア人の男はしきりに時間を気にしてる。明らかに誰かを待ってる。ただし根気はなさそうだ」

「賭《か》けてもいいけど、足止めを食らった誰かさんがあなたの相棒をもてなしてるせいよ。そのふたりだけど。あっちで何の話をしてるんだと思う?」

「カートのことだから、どうでもいい退屈な話さ。つまらない世間話があいつの得意技なんだ。嘘《うそ》じゃない。暇な時間をいっしょにすごしたくなるような男じゃないのさ。退屈で涙が出る」

リアンドラは頬笑んだ。「それに引き換え、あなたはチャーミングで愉快な人ってことね」

ザバーラはグラスを掲げた。「気づいてくれて嬉《うれ》しいね」

軽口をたたきながらも、ふたりはライランドが海外から招《よ》んだ客たちから目を離さなかった。ノヴィコフが腕時計を覗くのは三度めで、その苛立ちは端から見てもわかる。それに反応して、中国の海運王リャンが部下のひとりに向かってふた言、三言つぶやいた。

すると部下はその場を離れ、まもなくライランドの側近のひとりを連れてもどってきた。側近の女性は客のひとりひとりと言葉を交わし、なだめにかかった。そうしてから、彼女は無線機でメッセージを伝えた。

たちまち応答が来たらしい。女性は無線機を上着のポケットにもどすと踵を返し、一行を連れて二階から階段を降り、ガラスの壁のむこうにあるベランダへ向かっていった。

「貉たちが集合するわ」とリアンドラが口にした。「後を追うべき?」

ザバーラは廊下に視線をやった。オースチンの姿は見えないが、むこうは自分でどうにかするだろう。ザバーラは肘《ひじ》を出して言った。「歩こうか」

リアンドラがザバーラに腕を絡ませ、ふたりは階段で一階に降りた。海外からの一行はガラスの壁に歩を進めると、戸口から庭へ出ていった。

「追っかけるぞ」とザバーラは言った。「ただし尾行っぽく見えないように」

「それって、あまり明確な指示じゃないけど」

「気楽にやろうってことさ。必要なときは即興で」

リアンドラが要領を得ないまま、ふたりは庭に出て、小石の敷かれた小径を歩いていった。肩まであるバラの茂みや、ゾウの彫刻が鼻から水を噴きあげる噴水を通り過ぎるときも、招待客の一行からは目を離さなかった。

「あの人たち、景色を眺めに出てきたんじゃないのはたしかね」とリアンドラが言った。

「あの建物に向かってる」ザバーラはトタン板の壁にガレージ風の扉がある倉庫のほうを顎で指した。正面に動物の餌《えさ》にする干し草の俵があり、近くには石油のドラム缶が積まれ、そのうちふたつにハンドポンプが取り付けられている。干し草の裏に古いピックアップトラックが駐《と》まっていた。

「モータープールだな」とザバーラは言った。「ということは、客たちはこれからドライブに出かけるのか」

招待客の集団はライランドの側近の後から、建物の側面に設けられたドアへ向かった。ロシア人を先頭にその警備チーム、リャンの少人数のグループとつづいた。

「行こう」

ふたりは噴水沿いの同じ小径をたどり、ドアまで来て立ちどまった。ザバーラはノブに手をかけるとゆっくりと回した。ドアは抵抗なく開いた。

ザバーラは内部を見まわした。近くに人の姿はなく、用具類やトラクター、備品などがあるばかりだった。

「おい」背後で声がした。「ここで何をしてる?」

ザバーラが振り向くと、ライランドの部下のひとりと目が合った。イアピースのコイルコードがベルトの無線機まで伸びているところからして、警備の一員らしい。

「悪いね」とザバーラは言った。「ちょっといま――」

「ふたりきりになれる場所を探してたの」リアンドラがザバーラに身体を寄せ、男にウインクした。

「作業小屋で?」

男には通じなかった。左手が無線機に伸び、右手が上着の内ポケットに滑りこんだ。

「〝干し草に転がる〟って言いまわし、聞いたことない？」とリアンドラが訊いた。

男はためらっていた。ザバーラは男につかみかかることも考えたが、自分たちはあくまで招待客なのだ。撃たれるとは思えなかった。せいぜい本館にもどれと命じられるか、最悪でもパーティからつまみ出される程度だろう。それなら争うまでもない。警備員の後ろからもうひとり男が近づいてきたことで、どのみち勝算はなさそうだった。

「本部、こちら二‐八」男が無線機に呼びかけた。「作業小屋付近で問題発生。客の二名が――」

その言葉を言い終える間もなく、近づいてきた人影が無線機に手を伸ばしてコードを引き抜いた。

驚いた警備員が振りかえった。「何を――」

その科白《せりふ》も言い終えることがなかった。腹への一発で身体をふたつ折りにした男に、右のクロスが記録的な速さでとどめを刺した。

ザバーラは前に飛び出し、男を抑えこむのに手を貸した。「そろそろ登場するころだと思ったよ」とオースチンを見て言った。「どこに行ってた？」

「ライランドと一杯飲《や》ってね」とオースチンは答えた。「面白い男だ。そんな話をしようともどったら、おまえたちが客を尾行していくのが見えてね。そしたらこの男がおまえたちの後を追っていった。だからおれも後を跟《つ》けた」

「尾行が大流行だな」ザバーラはそう言いながら、警備員からはずしたネクタイで両手を縛りあげた。その間、オースチンはそばにあった布切れを間に合わせの猿ぐつわにして、目を覚ました男が助けを呼べないようにした。

ふたりが警備員の拘束を終えるころには、リアンドラが古いトラックのドアを開き、男の隠し場所を見つけていた。「ここに乗せて。この毛布で隠せばいい」

オースチンとザバーラで男を抱えあげ、トラックのベンチシートに乗せた。ザバーラがシートベルトで男の足を縛り、リアンドラは上から古い毛布を掛けた。

リアンドラが静かにドアを閉じたにもかかわらず、また音が聞こえた。

〈くりかえせ、二-八。声が途切れた〉

地面に転がっていた警備員の無線機が応答を求めていた。ザバーラは咳払《せきばら》いして通話ボタンを押した。「こちら二-八」と、精一杯南アフリカ人を真似して言った。「気にしないでくれ。客が悪酔いしただけだ。トイレまで付き添った」

〈おまえで助かった〉と本部から声が届いた。〈巡回にもどったら知らせてくれ〉

「了解《ウィルコ》」

「とっさによく思いついたな」とオースチンは言った。「だが、いまどき〝ウィルコ〟はないだろう」

「そこはそっちの見解が間違ってるって期待しよう」

無線機からの応答はそれっきりで、ザバーラは作業小屋に顔を向けた。「連中はあそこにいる。目的を確かめたほうがよさそうだ」

「案内してくれ」とオースチンは言った。

ザバーラは小屋まで行ってドアを開いた。なかを覗いたとたん、正しく調整されたエンジンが回りだし、その音が金属の壁に反響した。

「サファリツアーがはじまるみたいね」とリアンドラが言った。

ザバーラは建物の正面付近でライトを目にしたが、近くには機械類と農機具がひっそり置かれているだけだった。建物にはいると、リアンドラとオースチンが後につづいた。

慎重に進み、ホイールローダーの傍らまで行った。ごつい土木作業機はなかば泥をかぶっていたが、恰好の隠れ場所になった。その後ろにしゃがんでも室内の大半は視界にはいり、そこにごついながらもモダンなスタイルの車輛《しゃりょう》のテールランプが見えた。

「メルセデスG63だ」とザバーラはささやいた。

そのG63は、メルセデスの最高位のSUVを拡張したものだった。六輪シャーシに第三の車軸と、後部にピックアップ式の短い平台が付け足してある。ザバーラは、大型のオフロード用タイヤが装着されているのに気づいた。この車は機械製の使役馬で、どんなに険しい地形でも、その広く贅沢《ぜいたく》なキャビンで乗員を快適に運ぶことができる。

車の前方にあるガレージの扉が上がっていき、運転手がエンジンを吹かした。V8ツインターボがしゃがれたような音をたて、光沢を放つ車輛は屋内から公園内に走り出た。

「歩きじゃとても追いつけない」とリアンドラが言った。

ザバーラは小型のダンプトラックのほうを指さした。そこではライランドの猟区監視員がふたり、荷物の積み込みなどの作業をしていた。

「盗んでトラブルになったら割に合わない」とオースチンは言った。「あいつを盗もう」「でも、あいつが連中の行先の近くまで行くんだったら、ヒッチハイクしても問題はなさそうだ」

「べつに汚れるのはかまわないんだけど」とリアンドラが言った。「わたしたち、ひとりはここに残ったほうがいいんじゃない？　あのトラックが予想外の場所へ行く場合を考えて。招待客がもどって、別の目的地へ行くって可能性もあるんじゃない？」

オースチンはうなずいた。

「名案だ」と応じたザバーラは、リアンドラに無線機を手渡した。

「あなたたちのひとりが残るんだと思ったけど、どうしてもって言うなら……」

「きみに何かあったら、ルディに殺されちまう」とザバーラ。

「じゃあ、わたしはお楽しみをふいにするわけね」

「この先はろくなお楽しみがないな。そこはおれが請け合うよ」

オースチンもうなずいた。「聞き耳を立てておいてくれ」と言って無線機を指さした。「連中がぼくらを見つけたら、きみにも聞こえるはずだ。もしそうなったら、きみはここを出て危険から逃れてくれ。ヨハネスブルクで合流しよう」

リアンドラが親指を立て、オースチンとザバーラはトラックのすぐそばまで忍び寄った。

梁を支える柱の陰から、ふたりはライランドの使用人たちが一輪車を押し、少なくとも十回めの往復でスロープを上って、その中身をトラックの荷台にあけるのを見守った。

「これで足りるだろう」とひとりが疲れ切った声で言った。「行くぞ。ライランドは待たされるのを嫌うからな」

ひとりがトラックの運転台に向かって運転席に乗った。もうひとりは一輪車を脇へ投げ出すと、トラックを回りこんで助手席に乗りこんだ。

「後ろに乗れる」とオースチンが持ちかけた。

「堆肥《たいひ》が山盛りだってこと、わかってるよな」とザバーラが言った。

「タキシードが借り物で助かった」

ディーゼルエンジンがかかり、運転台の後方に黒煙が噴き出した。

「行こう」とオースチンは言った。

ザバーラが走り、オースチンは後を追った。トラックの真後ろについたふたりはスロープを駆けあがり、ダンプトラックが発進するのと同時に跳んだ。

ザバーラはトラックの荷台に着地し、不恰好に滑った。そのあとから優雅に降り立ったオースチンも、運転手がギアチェンジした拍子にあやうくバランスを失いかけた。

ザバーラはぶざまな姿勢のまま静止した。運転台にいる男たちの話し声が聞こえてきた。

「どこで運転を習った?」助手席の男がからかっていた。「ギアボックスを壊しちまうぞ」

「このトラックはもうだめだ」と運転手が答えた。「そのうち、あの血に飢えたライオンどもといっしょに茂みに取り残されるやつが出るぞ。こないだだって、ヴァンスが殺されかけたろう。やつが背を向けたとたん、あっという間に跳びかかったんだ」

窓が開いているにもかかわらず、男たちはオースチンとザバーラの気配に気づかなかった。ふたりの下手な着地の衝撃も感じていなかった。重い積み荷に呻くエンジンと、未舗装路で弾むたび軋りをあげるサスペンションのせいで、あらゆる音がかき消されていた。

無事に乗車を果たしたことでひと息ついたザバーラは、トラックの荷台の中身に注意を転じた。ついていた両手の感覚がなくなりつつあり、冷気が体内に沁みこんでくる。

多少はましな体勢を取ると、足もとにある物を検めた。それは堆肥ではなかった。

ザバーラはオースチンを見ながらひと言つぶやいた。「氷だ」

20

ダンプトラックの荷台は、イグルーでも建てられそうな大きな塊りから飲み物に適した角氷やクラッシュアイス程度のものまで、氷であふれていた。

つぎのギアシフトのタイミングで動きを合わせ、オースチンは移動してザバーラに近づいた。「どうやら、おれたちはこいつから逃れられないらしい」

ザバーラは着地したときよりも楽な姿勢を取ることに余念がなかった。「シュリンプカクテルのエビの気分が、いまになってわかったよ」

ふたりが見つかる可能性はまずなかった。運転台には荷台に向いたルームミラーはなく、エンジンの咆哮と悪路を走行中の絶え間ない揺れのおかげで、運転手と同乗者に気づかれるおそれはなかった。

「連中はこれで何をするんだと思う？」

ザバーラは言った。「ガキのころ、夏のあいだニューメキシコの牧場で働いたんだ。

あそこでは水が蒸発しないように、水入れに氷の塊りを突っ込んでた。ここは狩猟場だし、外は暑い。似たようなことをやってるのかもしれない」

「つまりおれたちは、ライオンが群がる水場に向かってるってことか」とオースチンは訊ねた。

「それか、水温を下げなきゃいけないワニの池か」

「どっちもかんべんだな」オースチンは前方に動いた。荷台の縁が運転台の天井より上に伸びていた。

そこから顔を出すと、未舗装路の両側には野草が広がっていた。本館も倉庫もはるか後方に置かれている。「ブッシュのなかを奥へ向かってる」

「お客さんたちは？」とザバーラが訊いた。

先のほうにもう一台のテールランプが見えた。「あれがそうか。小さな建物に向かってる」

さいわい、ダンプトラックはその後を追った。目的地は同じだった。

「たぶん爬虫類《はちゅうるい》の館さ」とザバーラは言った。「日本のコモドドラゴンを憶えてる？」

「忘れるわけがない。砂場でご機嫌にたわむれてたじゃないか」

「あれは一度で充分さ。そっちも同じ考えだと思うけど、トラックが停まるまでここに残らないほうがいいな。積むときは人力でも、降ろすときもいっしょとはかぎらない」

鋭い指摘だった。機会があればトラックに乗ったまま小屋にはいり、チャンスをうかがうつもりでいたが、建物の外に見える照明とコンベアベルトに配された男の姿を見ると、トラックが建物にはいっていくとは思えない。

オースチンはトラックの前方から荷台の端まで移動した。テールゲートを乗り越え、錆びついた金属製バンパーの上に乗った。運よく大型トラックは速度をあまり上げていない。「地面に降りたら、トラックの真後ろにつけ」

ザバーラが親指を立てた。

オースチンは過ぎ去る地面に一瞥《いちべつ》をくれると宙を飛んだ。

地面に落ちると受け身を取り、二回転ほどして赤土の上で止まった。

ザバーラが数ヤード離れて着地し、最後の衝撃に呻きながら闇のなかで大の字になった。トラックはそのまま目的地へと走っていった。

見られていないと確信すると、ザバーラは両肘を突いてオースチンを見た。「あんたの着地に八・五点を出すよ」

「おれの上に落ちなかったから、そっちは一〇点だ」とオースチンは返した。

ふたりは建物に寄っていくトラックを見つめた。停止したトラックは三点ターンをして搬入口のほうにバックしていった。

ザバーラが予測したとおり、氷は搬入口にどさっと落とされた。男ふたりがそれをシャベルですくってコンベアベルトに載せると、引き揚げられた氷は上層に開いた口から屋内に運ばれていった。

「あそこがおれたちの入口だ」とオースチンは言った。

近くまで移動してからは、荷降ろしが終わってダンプトラックが走り去るまで、明かりの届かない場所にいた。最後の氷をベルトに載せたライランドの部下たちが建物にはいっていった。

「片づいたな」とザバーラが言った。「行こうか」

ふたりは暗中をコンベアベルトに向かって走った。解けた水で濡れたベルトは動いていなかったが、ゴム素材の表面は昇りやすかった。

先を行くオースチンがすばやく昇り、開口部を抜けた。数歩遅れてザバーラがつづいた。

なかにはいると、梁の上を通るコンベアが三本の軌道に分かれていた。うちふたつは乾いている。オースチンは水の跡をたどった。それは建物の奥まで通じて、設置されたステンレス製のタンクが搬入したものを集める仕組みになっていた。

タンクの反対側が金属製のシュートにつながっていた。いまは垂直に立ってロックされているが、下にある長方形のプールに氷を落とす設計であるのはひと目でわかる。

「これでもし誰かさんが泳ぎはじめたら」とザバーラが言った。「あんたが飛びついた結論とやらのせいで、死ぬほどばつの悪い思いをするのはおれだ」

オースチンはプールの奥にある電光板を指した。それは競技場のスコアボードや、この先のランプが閉鎖されていると告げるハイウェイの掲示板と似ていた。時刻と温度がデジタル表示されている。プールの水温はほぼ零度。「今夜の水泳は中止だ。寒中水泳のトレーニングをするやつは別だが」

人声がして、そこに下のコンクリートを歩く足音が重なった。五人のグループがプールの奥の一角に出てきた。

ライランドとリャン、ノヴィコフが先頭にいた。そこにオースチンもザバーラも目にしたことのない女性。殿《しんがり》にいる五人めはライランドの雇う技師だった。男は一団から離れ、明るい掲示板に近い制御盤の後ろにまわった。両手を後ろで組んで指示を待った。

「ドラゴンもワニもなしだ」とザバーラは言った。「でも、何かのショーを見られそうだ」

21

ライランドはプールの周囲をさっそうと歩き、観覧にふさわしい場所へ一行を案内しながら、招待客からの質問に対応していた。客の疑問はいずれも鋭く非難めいたものだった。ライランドはそれを決然と自らの質問で切りかえしていった。

「あなたからはじめましょう、ミス・タンストール。例のタービンはいつこちらの技術者のもとに届きますか？」

その女性はライランドを睨みかえした。アイリーン・タンストールは、三つの独立した企業を所有するカナダの裕福な一族を率いている。父親が設立したそれらの事業の経営権を兄弟から奪取し、その勢力を拡大してきた。その道程でつど規制当局や他社と争いをくりひろげるという、妥協を知らないタイプだった。

「タービンはもう出荷されているわ」と彼女は言った。「ただし、この計画が夢物語じゃないってことが納得できるまでは納品はされません。あと、あなたが二流の詐欺師じゃないってことがわかるまで」

「そこは断言しますが」とライランドは言った。「私はけっして二流ではない。あなたの要求に関して、こちらが応じれば参加いただけますか？」

「ええ」彼女ははっきりと言った。「この段階では、ハードルはとても高いけれど」そこは承知のうえだった。「では、残るあなたがたは」とライランドは言った。「参加されるのか？」

「われわれの意志は、これまで何度も行動で示してきた」とリャンが答えた。「六カ月まえ、この事業に三〇〇〇万ドル提供した。こちらの意向を証明するには充分な額だ」

「三〇〇〇万など取るに足りない」ライランドは言った。「外航船を一隻買える程度だ。それも小型のね」

リャンは動じなかった。「私の言う三〇〇〇万は、直近の送金でしかない。それ以前にも何度か送っている。合わせて、当社からは一億五〇〇〇万ドルを受け取っているはずだ」

「こちらからもほぼ同額だ」とノヴィコフが割ってはいった。太くしゃがれた声で口にされるきついロシア訛《なま》りはいかめしく、リャンの鋭い叱責調とはおよそ対照的だった。

「これは贈与ではない」ライランドは譲らなかった。「投資です。まさか私がこの事業に、それぞれのお覚悟を確かめもせず、みなさんを引き入れようとしているとお考えか？　これから私がもたらそうとしている変革に、いち早くくわわろうという方々はほかにいくらでもいるのですよ」

ロシア人は咳払いをした。「わが社は北極圏上に広大な土地を購入した。掘削や採掘をするための土地だ。パイプライン、鉄路や道路の敷設権は言うまでもない。多額の費用をかけて、新港を建設する沿岸地域にも目星をつけた。われわれはこの二年、きみの言葉を借りれば〝腹を痛めて〟きた。この時点で、その投資は文字どおり、そして比喩《ひゆ》としても凍りついている。雪の下に埋もれ、永久凍土層にふさがれ、一〇メートルの地下に沈みこんでいる。わが社の貸借対照表に巨額の負債として計上されたままだ。月々の利子も発生してる。きみはその負債がいずれ資産に転じると言うが、ここまでその気配すら見えない」

「わたしのところも、カナダとグリーンランドで同じように買ったわ」とミス・タンストールが言った。「あなたの主張が真実とわかるまで、こちらは一ペニーだって払わない。画期的な発見をしたって言うなら、それを証明してちょうだい」

「では、そうしましょう」とライランドは穏やかな口調で言った。「ご覧のとおり、みなさんの前にプールがある。〇度に冷却されている。北極圏上の海水を再現して」

「凍ってない」とリャンが言った。

「深い部分は凍っていない」とライランドは言った。「だが、水面には氷の層がある」

ノヴィコフはプールサイドに寄って水に手を浸した。わずかにふれただけでガラスのように透明な氷が割れ、手が水中に沈んだ。

後ろにさがったノヴィコフは、シャツの袖を濡らして顔をしかめた。「彼の言うとおりだ」と、手についた水を払いながら言った。

「紙みたいに薄い氷を溶かして、それでわれわれが納得すると思うのか?」とリャンが訊いた。

ライランドはにやりと笑った。「とんでもない」と答えて技術者のほうを向いた。

「スライドを出せ」

技師が制御盤のレバーを操作し、ステンレス製のシュートをプールの上に誘導した。ボタンにふれるとシュートは下に傾き、タンクの蓋がつぎつぎ開いた。

シュートの上を滑った氷が勢いよく落下し、水面にしぶきを上げて散った。

タンストールとリャンが濡れまいと後ずさりした。ノヴィコフは濡れた足に悪態をついたが、技師はかまわずシュートを動かし、氷を均等に分散させていった。最後の氷が落下すると、凍結層がプール全体を覆った。ある場所では細かい畝が入り乱れ、ほかの場所では一体となって凍りつき、ミニチュアの氷山さながらの形状になった。

「五〇〇〇ポンドの凍結水だ」とライランドは言った。「規模を拡大すれば、厚さ三〇フィートの海氷の棚になる――北極と南極のいずれかでじっさい目にするものよりはるかに厚い。ただし、これについては説明が必要でしょう」

氷の一部がプールの外に落ちていた。ノヴィコフとタンストールはその塊りを水中に蹴りもどし、角氷をいくつか拾いあげて観察するとプールに投げ入れた。

プールは表面の凍結層をふくむ池と化していた。電光掲示板が、全体の水温が氷点下三度まで下がっていることを示していた。

「それで?」とタンストールが訊ねた。「みんなでおまじないでも唱えるの?」

ライランドはその軽口に苛立ちを募らせたが、いまは残るふたり以上に彼女の助けを必要としていた。タンストールの会社が造る高圧タービンこそが計画の鍵だった。

ライランドは助手の技師を見た。「触媒を投入しろ」

技師は光を放つボタンを、それが赤から緑に変わるまで押しつづけた。するとプール脇の扉が開き、濃い色の液体が氷の下の水に注入された。

液体は渦を巻いてプールに流れこみ、複雑な動きを見せながら広がっていった。

「ブラックライトに切り換えろ」とライランドは言った。「ここはよく見えるように」

技師が通常のプールの照明を落とし、一列に並んだ紫色の電球を点灯した。ブラックライトの下で氷はいっそう白みを帯び、先ほどより雪の色を帯びた海のイメージが強くなった。プール自体は色付きガラスのように見えたが、両側からの注入剤が鮮やかなネオングリーンに輝いている。

デモンストレーションの開始から三〇秒後、ポンプが停止して、プール脇の扉が閉鎖された。数秒間はなにも起きらなかった。目を凝らしていた招待客たちは、やがて退屈して落ち着きを失った。

「笑っていいのか泣いていいのか」とミス・タンストールが洩らした。

「もっとましなものかと思った」とリャンが声を尖らせた。

ライランドは腕時計に目を落とした。「お待ちを」

すると、凍りついた表面の一角に亀裂が生じた。染み出した光る緑色の液体が裂け目に満ち、一秒ごとに亀裂を大きくしていった。プールの他の箇所にも裂け目が現われ、氷が動きだした。

ライランドの客たちが目を近づけた。

左手のほうで、割れた氷の塊りが水面に浮きあがった。それがたちまちいくつにも分離し、見る見る解けだした。右のほうでは、大きな円形の穴があくと一気に拡大していった。

「氷を食べてるわ」とタンストールが言った。

「驚いたな」とリャンがつづけた。

ライランドは静かに立ちあがると、緑色の液体が広がり、眼前で氷が解けていく瞬間を満喫した。

「ご覧のように——そして肌で感じていただいたように、氷点下でも氷は解けている」

「水温は何度だ?」輝きを放つ水から視線を上げたノヴィコフが訊いた。

「マイナス三度です」と技師が答えた。

デジタル掲示板の表示も同じだった。

「水を温めてないのね?」とタンストールが質した。

「ご自分で確かめて」ライランドは言った。「私の言葉を信じられないなら」

タンストールはプールの端で片手を水に入れ、過冷却された液体から抜くときには拳《こぶし》を握っていた。

その指が鮮やかな赤に染まっていた。「ものすごく冷たいわ」

ライランドは手を拭《ふ》くタオルを差し出した。「水温はさらに下がっている」

「こんなことがあるのか？」とノヴィコフが訊いた。

「熱伝導の奇跡だ」とライランドは言った。「触媒が氷の結晶間の結合を壊しながら、水の熱を吸収していく。水が冷たいほどその作用は速くなる。むろん、ある程度までは」

「その触媒の正体は？」とタンストールが訊ねた。

「ある種の微生物で、氷河の下に棲息《せいそく》する藻類の一種です」ライランドは説明した。「われわれはその効果を高め、繁殖の速度をあげるよう遺伝子操作をおこなった。極地近辺にこれをばらまくだけで海氷は解け去り、ふたたび凍ることはない」

「こんなに急激に作用するものかしら？」とタンストールが言った。

「もちろん無理だ」とライランドは答えた。「これはかなり凝縮したデモンストレーションなのでね。とはいえ、時の経過とともに藻は増殖し、拡散する。一年以内に、いわゆる北西航路は航行に向けて広く開放されるでしょう。二年以内には、夏の北極から氷がなくなる。そしてあの黒い水に吸収される熱が増加して、ロシアとカナダにまたがるツンドラの凍土を温める。新たな不動産を保有したあなたがたふたりは、世界でも一、二を争う裕福な地主となるでしょう。まるで価値がなかったものに、一瞬にして採鉱、農耕、石油発掘の可能性が開かれるのだから」

ライランドは話しながらプールの周囲を歩いた。「極北の国々にはあまねく港が建造され、新たな儲けの種を運ぶ船が必要になる。あなたがたはいずれも先行者の立場に立つ。各々が富と地位を二倍、三倍にすることでしょう」

「それであなたは？」とタンストールが訊いた。「そのなかから何を得るの？」

「あなたがたが生む富の一部は私に流れる」とライランドは誇らしげに言った。「現時点では、私もあなたがたの会社に投資している。ちがいますか？」

「投資家として、あなたは小さい」とリャンが切り出した。「きわめて小さな存在だ。もっと多額の投資をしてくる者が大勢出てくる。こうして実力を見せてもらったいま、そちらの要求の少なさが意外でね」

「インセンティブはほかにある」とライランドは言い放った。

ノヴィコフの笑い声が響いた。彼はビジネスの仲間に向かって言った。「彼は別の勝負を仕掛けてる。自身の王国を手に入れようと。ちがうか？」

ライランドはご名答とばかりに一揖《いちゆう》した。

ノヴィコフはつづけた。「北の周辺にはわれわれがいる。南には彼ひとりだ」ライランドと顔を合わせたロシア人の笑みからは、相手の思惑を見抜いて得意満面である様子が見えた。「南極をあんたのものにする。それが狙いなんだろう？」

「あそこには石油がある」ライランドは、オースチンに語ったときと同じような口調で言った。「石油も鉱物も宝石の原石も。昔はここ南アフリカにあり余るほどあったダイアモンド。氷がなくなったら、歩いたそばから地表を剝ぎ取り、掘りかえすたびに見つける。レアアースはもちろん、プラチナ、金やタングステンといった貴金属も。そう、それが私の望みだ」

ミス・タンストールは声をあげて笑った。「あなたのものになんかならないわ。あの無垢《むく》の楽園を汚すような真似が許されるはずがない」

ライランドは肩をすくめた。「われわれの作業が完了したのち、南極は灰色の不毛の地になる。生存していた動物はたちまち死滅する。保護すべき野生生物も〝無垢の〟雪景色もなく、日に日に崩壊していく氷河だけの土地は誰も見向きもしない。いいかな、世間の通念などというものは、ドルのマークが出てきたとたんに変わる」

猜疑《さいぎ》の表情を浮かべながらも、タンストールはただ肩をすくめた。いま持っているカナダ北部は莫大な富を生むはずだ。「ここで見せてもらったものに、科学的な裏づけがあると信じていいのね？」

「こうして話してるあいだにも、あなたがたそれぞれにデータが転送されていますよ」とライランドは言った。「二〇ギガバイトの遺伝子情報に、気候調査と熱力学データ。おそらくあなたがたには、それをわかりやすく噛みくだいてくれる人員がいるでしょうから」

ノヴィコフはうなずいた。「好きにしろ。最後の資金を送るぞ」

「それと、タービンも」とミス・タンストールが言い添えた。

「それに、触媒を輸送するタンカーもだ」とリャンも言い切った。

ライランドは感謝の念を見せてうなずくと胸を張った。「これでわれわれは各自、地球の果てを手に入れることになる」

22

オースチンは梁の上で聞き耳を立てていた。浅く息を継ぎながら身体を静止させた。その会話からして、ライランドは己れの夢想を捨ててはいなかった。それどころか、接近を阻んでいる雪氷を取り除く方法を見出していたのである。

眼下で、ノヴィコフがプールデッキに氷の塊りを見つけ、水中に蹴りもどした。水に浮き沈みした塊りはふたつに割れ、他の氷同様に消えてなくなった。

その最後の氷を眺めていたライランドが部下の技師に合図した。「排水しろ」

技師がバルブを開いていき、プールの底に一対の円形の格子が現われた。放出がはじまり、水が猛烈な勢いで流れ出した。開口部から水面に伸びる小さな渦が見えた。

水が未知の場所へと排出されていくなか、招待客を集めたライランドはプールハウスを出て、待機していたメルセデスにもどっていった。

「あの藻の標本を手に入れる必要がある」とオースチンは言った。

「急いだほうがいい」とザバーラが言った。「落ちていく水の速さからすると、プールはものの数分で空になる」

オースチンは下に降りる方法を探った。技師に気づかれずに行けるほうが望ましい。そこで屋根を支える桁の一本を使うことにした。頑丈かつ技師と制御盤の背後に位置しているという利点がある。

その桁に向かって、トラスからトラスへと伝っていった。電気ケーブルの束を避けて身をひねり、気づかれることなく目的の桁まで移動した。

H形鋼の梁を手足で挟むようにして降りはじめた。そのなかほどまで行ったとき、ザバーラが拳を振りあげて止まれと合図をしてきた。

コンクリートを踏む靴音で、技師が動いていることはわかったが、梁のむこう側は確認できない。オースチンはザバーラを振りかえった。拳は握られたままでも、ザバーラの目は下の標的をずっと追っていた……

と、ザバーラはオースチンを見て拳をゆるめ、すばやく何度も指をさした。〝いまだ〟

あとは滑るように降り、膝を折って衝撃を吸収しながらしっかり着地した。

その着地は驚くほど静かだった。オースチンはあたりを見まわした。技師は廊下に姿を消した。それを見送ってプールに移動した。

水量はすっかり減っていた。底のほうに一フィートほどしか残っていない——あと一分もすればすべて流出する。

標本を集める容器が必要だった。制御盤の脇にあったキャビネットをあけると、工具と作業灯、延長コードがはいっていた。もう一台のキャビネットには塗料缶と密封剤が保管されていた。どれも役に立たない。

そばに塩素の壜《びん》があったが、中身を捨てたところで、内側に残った漂白剤が藻を殺して標本を台無しにする。何か無菌のものが必要だ。

周囲に目を走らせ、誰かが棚に置き忘れた水のペットボトルを見つけた。オースチンはそれをつかんで残っていた水を捨て、空になりつつあるプールに飛び降りた。

プールは浅い端が深さ四フィートで、六フィートある反対側の排水溝が水を吸いこんでいる。浅いほうはすでに水がなく、足もとに薄く水膜がまとわりつくだけだった。

そこで深い端まで走って片膝をつくと、わずか数インチ残る水のなかにボトルを沈めた。緑がかった液体がボトルを満たすころ、開口部から泡が噴き出した。

上から聞こえる音に、オースチンは注意を向けた。ザバーラが拳でタンクを殴り、必死の動作をくりかえしている。まるで最後の瞬間にプレイを変更しようという、N

FLのクォーターバックばりの動きだった。ザバーラはオースチンの背後を指さし、つづいて二本の指で人が歩く動きを示した。〝技師がもどってきたぞ〟

オースチンは水からボトルを引きあげ、蓋をして上着のポケットに押しこんだ。壁に張りついて身をかがめると、足音にくわえて、何かがコンクリートの床を引きずられてくる音がした。

頭上に影が差した。プールの縁から長靴の爪先《つまさき》が突き出した。水が噴射され、高圧の水流がプールの反対の壁を叩いた。

真鍮《しんちゅう》のノズルと細い加圧ホースに添えられた手が見える。技師が残留物を洗い流そうと、水流を左右に動かしていた。むこうが真下に目を向けないかぎり見つかることはないが、かといって気づかれずに動くことはできない。

一カ所の洗浄を終えると、技師は左に数インチ移動した。そこを洗い流すとまた動いた。

技師が場所を移すたび、オースチンも同じように移動した。だが、この作戦には限界がある。

壁にぴたりと張りついた姿勢で、オースチンはザバーラのほうを見あげた。そろそろ何かを仕掛ける頃合いだ。

つかの間目が合ったザバーラは指を立て……っと姿を消した。

オースチンはかぶりを振った。退却は想定外だったのだ。

梁の上にいるザバーラは、退却など考えてもいなかった。観察と計算をつづけていた。ざっと計算したところ、成功の可能性は六〇パーセント。

氷のタンクによじ登り、プールに向けられたままになっているステンレスのシュートのほうに這っていった。

じりじりと進んでいくとうつぶせになった。この計画を成功させるには、絶好のタイミングで滑りださなくてはならない。

横歩きで移動する技師の水流が視界にはいった。

「もうちょっと先まで」とザバーラはつぶやいた。

技師が右へ一歩動いた。ザバーラはつかんでいた手を放し、速度をつけてシュートを滑降していった。シュートの先端から飛び出したタイミングで、技師はザバーラの真正面にいた。

ザバーラは男の腰の高さにぶつかり、強力なタックルでなぎ倒した。

その激突を耳にしたオースチンは、水流が目標から逸《そ》れるのを見た。ザバーラが行動を起こしたのだ。そこに加勢するつもりでプールから這い出た。

ザバーラは技師を組み伏せていたが、相手は抵抗していなかった。朦朧《もうろう》として、何がぶつかってきたのかわからないといった様子だった。

「みごとな芸当だった」とオースチンは言った。

「ボードゲームで言ったら、〈シュートと梯子《ラダー》〉だな」とザバーラは言った。「そっちは鈍行。こっちは急行だ」

「それはいい手だな」オースチンは認めた。

まさにそのとき奥のドアが開き、スロープに氷を運びあげていた男のひとりが現われた。「何の騒ぎだ？」

「まずい手でもある」とザバーラは言った。

新たに登場したのは、いかつい大男だった。身の丈は六フィート五インチ、でかい腹にニシキヘビのような腕をして、にやにやしながら酒場で喧嘩《けんか》をはじめそうなタイプに見えた。だが男は素手の殴り合いを挑むのではなく。腰の拳銃《けんじゅう》に手を伸ばした。

オースチンとザバーラは反対の方向に飛び出した。銃声が響き、跳弾の音がつづいた。

そばに消火ホースのノズルが転がっていることに気がついたオースチンは、それを大男に向け、高圧水流の噴射で顔を狙うと、力いっぱい身をひねってホースを横に引いた。

銃を持った男は、片腕で顔をかばいながら水流を避けようとした。男は二度めの噴射に襲われることはなかった。オースチンの膂力《りょりょく》に応えてホースが地面から浮き、前方に撓《しな》ったからである。

張りつめたホースが男の膝裏を捉えた。男は両脚を折って後ろざまに倒れ、そのまま床を転がってオースチンに向きなおった。そこでつぎの噴射をまともに浴びた。

男はやみくもに発砲しながら、空いた手で懸命に水をさえぎろうとした。男が視界を確保する間もなく、脇から現われたザバーラが男が握る銃を蹴り飛ばし、フラインググエルボーを見舞った。

その衝撃で、大男はプールデッキに叩きつけられた。コンクリートで顔を打って鼻が砕けた。顔を血だらけにして転げまわる男の目は怒りに燃えていた。

ザバーラは右クロスを放ったが、男は大きな手でそれを止めてみせた。

そして立ちあがるとザバーラを引きこみ、タキシードの襟をつかみあげた。

男の太鼓腹を蹴りつけたところで、なんの効果もなかった。男は抱えあげたザバーラを子どもよろしく部屋のむこうまで抛《ほう》り捨てた。

ザバーラはなすすべもなくキャビネットの列に激突し、その下敷きになった。

すかさず行動を起こしたオースチンがプールのむこう側にまわり、引きずったホースを野獣の身体に巻きつけた。

オースチンがホースを引こうにも大男はびくともしなかった。男は力を吸収し、一歩譲っただけでその場に踏みとどまった。形勢を逆転させて両手でホースを握り、オースチンの手からもぎ取ろうとした。

プールに落とされるまえに、オースチンは手を放した。勝利をつかんだ大男が後ろによろめいた隙に、オースチンはザバーラのもとに駆けつけ、手を貸して立たせた。

「ここから出るぞ」

大男が奥の壁の大きな赤いボタンを殴りつけるのを尻目《しりめ》に、ふたりはドアに走った。アラームが鳴りだした。自動ドアが閉まりはじめていた。

死に物狂いで走ったオースチンとザバーラは、鉄格子の扉が閉じる寸前に脱出を果たした。

「で、つぎは?」とザバーラが言った。

「そのまま走れ」

23

アラームが鳴ったとき、リアンドラはまだ倉庫にいた。屋内の赤いライトが点滅をはじめ、小屋と本館施設の間にあるフェンスが閉じていった。「もう逃げられない」

身を隠したリアンドラが単調なアラーム音に耳を傾けていると、ライランドと招待客を乗せたメルセデスが近づいてきて停まった。

車から降りたライランドをふたりの使用人が出迎えた――猟場の管理主任である年長の男と、牧夫の若者である。

「何のアラームだね？」とライランドは穏やかな声で訊ねた。

「猛獣が脱走しまして」と主任が答えた。

「場所は？」ライランドは嵩《かさ》にかかって訊いた。

「四号棟です」

ライランドはやけに落ち着きはらっていた。「われわれは四号棟からもどってきたところだ」

主任は両手を挙げた。「申しあげられるのは、誰かが非常事態のアラームを作動させたってことだけで。おそらくまたあのライオンどもでしょう。動物園やサーカスでひどい扱いをされてきたせいで危険です。いまや人間を餌とみなしてます」

「それはもう聞いた」とライランドは言った。「今回はそうではなさそうだ。無線機を貸せ」

主任は持っていた無線機を手渡した。ライランドはそれを顔に近づけ、通話ボタンを押した。「四号棟、応答しろ。こちらはライランド。状況を報告しろ」

リアンドラは手にした無線機の音量を最小に絞っていたが、それでも引っかくような人声が流れてきた。彼女はスピーカーに耳を押しあてた。

〈……そちらが出られたあと、侵入者二名を発見しました。どうやって侵入したかはわかりませんが、部下のひとりを殴り倒してプールの水の標本を持ち去りました。この棟を封鎖しようと緊急の猛獣警報を鳴らしましたが、連中は扉が閉じるまえに脱出しました〉

リアンドラには具体的なことはわからなかったが、ライランドの容はとたんに不安な表情になった。

「標本？」とロシア人が言った。「触媒になる藻の？」

「落ち着いて」とライランドは言った。

「標本があれば中和剤を開発できる」

「あり得ない」ライランドは言った。「それに、彼らにそんなチャンスはめぐってこない。野生動物がうようよいる狩猟場の真ん中で、電気柵《さく》に囲まれている」

あくまで動じることなく、ライランドは無線機を掲げて再度通話ボタンを押した。

「その侵入者というのはタキシード姿のふたりで、中背で短い黒髪と、上背があって銀髪の、苛つくほどにやけた男か？」

「間違いありません」

「やはりな」

リャンはその報らせに動揺した様子だった。「きみはその男たちを知っているのか？」

ライランドはうなずいた。「ＮＵＭＡと呼ばれる組織から来たアメリカ人のふたりでしてね。招待を要請してきたときから怪しかった」

「だったら参加を拒否すればよかったんだ」とリャンは吐き棄てた。

ライランドは首を振った。「参加を拒否すれば疑いを抱かせることになるし、こちらとしてはむこうの意図を知りたかったので。その目的がわかったからにはしかるべき扱いをします」

「どんなふうに？」とタンストールが訊いた。

「説明がつく悲劇に見えるようなかたちで」ライランドは主任に向きなおった。

「あのライオンどもは、狩られるためにここに連れてこられた。やつらにも多少の楽しみをあたえてやるのが公平というものだろう。部下を連れてライオンを解き放て。暗視スコープでアメリカ人どもを捜し出すんだ。見つけたら、ライオンをそっちに追い立てろ」

「ライオンどもは餌の時間をとっくに過ぎてます」と主任が言った。

「ああ」ライランドはにこやかに言った。「だったら、われわれのために熱心に働いてくれることだろう」

24

南に向かって走るオースチンとザバーラの背後に、ライオンの最初の声が聞こえた。雄の咆哮は何マイルも先まで届くというが、その声はかなり近かった。ほかの哮《たけ》りもつづいて、どうやら猛獣どうしで小競り合いが起きているらしい。

「あんな声は聞きたくなかった」とザバーラが足を止めることなく言った。

何があったのかはともかく、騒ぎはやがておさまった。

「吼《ほ》えててくれたほうが助かる」とオースチンは言った。「黙ってられると、どこにいるか見当がつかない」

「あの時点で、忍び寄ってきたと思っていいんじゃないか」

オースチンとザバーラは、猟場の管理主任と部下が牛追い棒を使い、環境に適応していないライオンを狭苦しい檻《おり》から追い出したことなど知るよしもなかった。牛追い棒で叩かれた大猫どもが痛みに吠《ほ》え、すっかり興奮していることなどなおさら知るはずもない。

オースチンはぎりぎりのペースを維持しながら、本館とその魅惑的な明かりからはずれた進路を取って南をめざした。

「リアンドラはどうしたかな」とザバーラが訊いた。

「騒ぎを聞きつけて脱出してくれてることを祈ろう」

幹がY字形に分かれた木を見つけて、オースチンはそこに登って先を見透かした。

「何が見える？」ザバーラは深く息を吸って筋肉に酸素を補給している。

「ヘッドライトと砂埃りだ。連中は車二台で行ったり来たりしてる」

「いまどきの牛追いってとこか。いや、今回はライオン追いだな」

オースチンは相手が車でライオンを追い立てていると確信した。来た道を引きかえすことも考えたが、ライオンと車上の男たちを徒歩で回避するのは難しい。

別の方向に目をやると、ろくに明かりはなかったが、ロッジからの光でフェンスまでは半マイルほどと見積もった。「あそこまで走るぞ」

オースチンは木から跳び降り、ふたりはふたたびペースを上げて黙々と走った。

後ろを振りかえると、追っ手が近づいてきていた。V字に広がった四台の車輛のヘッドライトが、残忍な野獣の眼を思わせる光を放っている。おそらくこの野獣の前方にライオンがいるのだろう。

「サッチェル・ペイジのアドバイスを思いだせ」とザバーラが言った。「後ろを振り向くな。追いつかれるぞ」

「伝説の大リーガーの言うとおりだ」オースチンはさらにペースを速めた。

車はゆっくりと、時速一五ないし二〇マイルほどで走行していたが、それでも人間が長距離を走るスピードの倍は出ている。

オースチンは方向を右に変えた。ザバーラもそれに従った。

接近する車の隊列がみごとな正確さで方向変換をするまで時間はかからなかった。大きく開いたVの字が新たな進路を採った。

「ライオンがブラッドハウンドの親戚《しんせき》とは知らなかったよ」とザバーラが言った。

「トラックの連中は追尾《トラッキング》してるんだ」とオースチンは言った。「サーマルか暗視スコープで」

ザバーラは前方左にぼんやり見える岩石の層を指さした。地面から五〇フィート隆起して、ゾウガメの甲羅さながらの傾斜がある。「暗視スコープなら岩のむこうは見通せない。やつらとの間にあの花崗岩の小山をはさもう」

「いい考えだ」

ふたりは左に折れ、無謀なペースで駆けた。

追っ手は向きを変えるのに速度を落としたが、それでも距離を縮めてきた。悪路を走る車のエンジンとタイヤの音が大きくなり、おたがい連携を取ろうしたりライオンをけしかけたりする怒声が聞こえた。

オースチンと数歩遅れたザバーラは岩の縁に差しかかった。そこを回りこんだあとは、ヘッドライトとの間に岩を置くようにしながらフェンスに向かった。

が、二〇ヤードも行かないあたりで急ブレーキを余儀《よぎ》なくされた。追いついたザバーラも身をかがめるようにして動きを止めた。

前方の闇のなかに、妖しく光を放つ一対の目が見える。その傍らに草むらからもう一対の目が現われ、さらに奥にも光がふえていった。

「ライオンに先回りされたらしい」とオースチンは言った。

「そうじゃないな」とザバーラが応えた。甲高い吠え声がした。

「ジャッカルか?」

「ハイエナだ」

その獣の群れは、少なくとも一〇頭を軽く超えるまでふえていた。時を同じくして、その間にも、追っ手の車のライトが岩場を舐《な》め、草むらから開けた草原へと伸びていた。

「板挟みってやつだか」とザバーラが言った。

「じゃあ岩にもどるぞ――急げ」

ふたりはハイエナから目を離さず後ずさりすると、岩場に近づいたところで向きを変え、黒い岩を駆けあがっていった。その中腹でオースチンは岩の裂け目を見つけ、そこに身を隠した。ザバーラもオースチンと並ぶように身体を押しこんだ。

草むらではハイエナが頭を上げ、あたりの匂いを嗅《か》いでいた。耳を立て、鼻をひくつかせている。車の音には頓着《とんちゃく》していないが――狩猟場では人や機械を見馴れている――何かちがう匂いを嗅ぎ取った。彼らの縄張りに別の獣が侵入してきた。

オースチンがじりじりと身を乗り出したそのとき、ライオンが初めてその姿を現わした。大きな猫どもは後続の車のヘッドライトに照らされていた。視界にはいったと思うと歩調をゆるめ、やがて動きを止めた。

「ハイエナに気づいたな」とザバーラが言った。

オースチンが数えたのは七頭、雌が四頭で雄が三頭。いずれも薄汚れて、それが救出された場所でひどい扱いを受けたせいであるのは明らかだった。どれも体皮に傷が目立ち、雄の一頭は脚を引きずっている。

ライランドの部下たちが、突き出した花崗岩の先端近くで車を停めた。先頭の車輛はロールバーを入れた、ドアのない無蓋《むがい》のジープだった。その脇に二台のSUVと平台のトラックが停まった。

ジープの助手席にいた男が立ちあがり、頭と肩をロールバーの上に出した。暗視スコープを前後に振って地形を調べた。

オースチンは低声《こごえ》でザバーラに告げた。「車を手に入れるチャンスかもしれないぞ」

「野生の王国を自力で走り抜けるより、はるかに安全だな」

穴から出たオースチンは、岩山の頂上まで登った。そこから車のほうへ、そのまま車が動きださないように祈りながら下っていった。

オースチンとザバーラが音もなく移動していると、ライオンが吼えだした。ボスの雄がたてがみのある頭を振りたくり、唸りながらハイエナを威嚇《いかく》していた。残る雄もそれにならった。

ハイエナは戸惑ったように見えたが、引きさがりはしなかった。ハイエナは小動物ではないし、侵入してきたライオンに数で倍は勝っている。一群になって防御の態勢を取り、嘲笑《ちょうしょう》にも聞こえる吼え声や甲高い叫びで応戦していた。

「あいつら、笑いごとじゃないってわかってないのか?」ザバーラがオースチンの隣りまで這ってきてささやいた。

「空気を読めないらしいな」まもなくオースチンは切り立った崖《がけ》に達した。そこで止まって選択肢を検討した。

この岩層にははっきりと段差があった——頂上から中間地点の、停まった車に近づける岩棚までが落差六フィート、そこから地上までが一〇フィート。

四台の車の位置は接近していた。二台あるトヨタの一台が岩棚に寄せられ、そのむこうにトラック、ジープ、そして二台めのトヨタが並んでいる。

「ジープだね」とザバーラが提案した。

ジープはドアがなく無蓋で、乗りこむのに苦労は要らない。だが問題もあった。四台のなかの三列めに置かれている。

「回りこむか」とオースチンは言った。「それとも——」

オースチンが言い終わらないうちに、ハイエナの群れが中央から四頭、右から二頭に分かれて突進した。ボスのライオンを挟み撃ちにしようとしていた。

ライオンは後ろ立ちで大きな前脚を一閃《いっせん》し、二頭を払いのけた。二頭が転がった隙に、三頭めに襲いかかろうとした。そこへハイエナの一頭が相手の後ろ脚に咬みついた。皮膚に牙《きば》を立てられたライオンは跳ねて向きを変え、咬みついてきたハイエナを追った。

小ぶりな獣は敏捷《びんしょう》さと体力で凌《しの》いでいた。まるで大猫をからかうように、笑いながら小走りで逃げる。逃げるそばから別のハイエナどもが寄ってくる。いきなり守勢に立たされたライオンは、ぐるぐる向きを変えながら吼え、四方からの攻撃に身を護ろうとあたりかまわず牙を剝いた。

それはつかの間、ゲームのようにも見えた。ハイエナがライオンを囲んで駆けまわり、それを大きな野獣が叩きつけようとするのだが、つねに一歩が鈍く、わずかに遅れてしまう。が、そこに残る群れが加勢にくわわった。六頭のライオンが一斉に突進して、ふざけ半分だったやり合いは激しい闘争と化した。

逃げ出すハイエナもいれば、闘いにもどるのもいて、やがてその場は土煙が立ち昇る乱闘に変わった。その一部始終はヘッドライトに照らされていた。

「チャンス到来だ」とオースチンは言った。

彼は中間地点にあたる岩棚に降り、前方へ駆けだした。崖から地面めがけて飛ぶのではなく、一台めのトヨタのルーフをへこませて着地し、片膝をついた。すぐに立ちあがって前方にジャンプすると、降り立ったトラックの平台を恰好の助走路にしてスピードを上げ、ジープに向けて跳躍した。

充分な高さでロールバーをつかむと、体操選手さながらに両脚を前に振り出した。その脚が驚く管理主任に伸び、顔面を蹴られた男は草むらまで吹っ飛んだ。振りかえって縮みあがった運転手が、反射的にアクセルを踏んだ。

ジープが地面を掘って急発進した。のけぞってバーをつかみ、かろうじて落下を免れたオースチンは、気を取りなおして前に飛び出し、運転手にヘッドロックを掛けた。もがく運転手は片手でオースチンに爪を立てながら、空いた手でステアリングを左右に振った。体勢を保とうとしながら、男はアクセルを床まで踏みこんだ。

闇のなかへと疾走したジープは、急激に方向を変えて横転しそうになった。オースチンは、ライオンの一頭が前をよぎっていく姿を目の隅に認めた。二頭のハイエナが別々の方向に散っていくのも見えた。

一刻も早くこのドライブを終わらせようと、オースチンはシフトレバーをローに入れた。

ジープは一気に速度を落とした。オースチンの体重と突然の減速で、運転手の上半身が押されたように前傾した。オースチンは相手の頭をステアリングに叩きつけた。その衝撃に身体をはね返らせた運転手は放心状態となった。

オースチンはステアリングを握って鋭く右に切り、男を逆側に押した。ジープがつぎの旋回にはいった拍子に、運転手はドアがあるはずの開口部から外へ飛んでいった。

前の座席に飛び移ったオースチンは、ギアをドライブにもどしてジープをコントロールした。低木を避《よ》け、ピアノほどの大きさがある巨岩をかわすと、来た道を引きかえした。

「よし」とオースチンはひとりごちた。「ジョーの安否を確かめよう」

25

岩棚に残されたザバーラは、オースチンが停まっている車上を踏み石のように飛び移っていくのを見つめた。オースチンにできるなら、自分も余裕でやれると思った。岩棚から跳び、手前のトヨタのルーフに楽々着地すると、軽やかな着地を頭に描きつつ、オースチンさながら高く遠くへ踏み切った。だが宙に跳んだ瞬間、ジープが急発進した。距離が足りず、速度を上げるジープのテールゲートにかろうじてつかまった。

そのまま身体を持ちあげようとしたが、急旋回したジープが荒れた路面に弾んだ拍子に飛ばされた。

闇のなか、丈高い草むらに投げ出されたザバーラはその場にじっとしていた。

トラックとトヨタが向かってくる。一台は倒れていた管理主任を乗せようと停車したが、あとの二台は走りつづけた。停まることなくザバーラの横を過ぎ、左に折れてオースチンと盗難に遭ったジープを追走していった。

赤いテールランプが遠ざかり、土埃りがおさまるとザバーラは行動を開始した。身を沈めたまま周囲を見やったが、ライオンとハイエナが輪になって争っている場所からろくに離れていない。

「考えてみりゃ、凍った沈没船に乗ってるほうがましだったな」

望みがあるとすれば、フェンスまで逃げ切ることだった。最初は注意を惹かないように用心して動いた。野獣とある程度距離を置くと、ライオンとハイエナ、そしてオースチンを追う車輛から離れる方向を選んだ。その選択に納得して、ふたたび走りだした。

自ら口にしたアドバイスにならい、後ろは振りかえらなかった。騒ぎから遠く、暗く静かなほうをめざした。低木の茂みを過ぎ、小さな輸送管を跳び越えて走った。

前方にフェンスが見えた――ほんの一〇〇ヤード先――だが、別の車のヘッドライトが見えた。手前の側道をやってくる。

しかたなく足を止め、茂みにしゃがみこんだ。「野生動物保護区を名乗るわりに、やけに交通量が多いな」

近づいてきた車はそのまま連絡路を横切っていった。ライランドの六輪のメルセデスだった。ボスじきじきに追跡の指揮に乗り出したらしい。

メルセデスは速度を落とし、ザバーラのいる方向に大きくＵターンをはじめた。見つかるわけにはいかないと、ザバーラは一歩を踏み出した。背後に近づいてくるハイエナの声を聞いて身をすくめた。

ゆっくり振り向くと、ハイエナは傷を負った片脚をかばっていた。そこに付き添うようにもう一頭がいる。ザバーラの匂いを嗅ぎつけた二頭は立ちどまり、一頭が唸りをあげた。

側道では、方向転換したメルセデスがこちらに向かってくる。ヘッドライトの光がザバーラとハイエナを包んだ。

「悪運が来なけりゃ、運もめぐってこないってね」

白光に目を細めるハイエナを見て、これをチャンスと捉えたザバーラは、後ろを顧みることなくフェンスに走った。

ハイエナは光に眩惑《げんわく》されていたが、メルセデスの運転手に躊躇《ちゅうちょ》はなかった。連絡路で行く手を阻もうと大きなマシンのエンジンを吹かした。

もはや光に惑わされることなく、ハイエナは本能に従って動いた。二頭は追跡をはじめ、手負いでないほうの一頭が驚異のスピードで差を詰めた。

ザバーラはありったけの力を振り絞って駆けた。足が宙を飛び、後から身体が付いていく感じだった。それでも足りなかった。

前に出たハイエナが道路の縁で追いついた。ザバーラの背中に飛びついて地面に引き倒した。

揉みあううちに身体が離れた。ハイエナはザバーラの肩から引き剝がしたタキシードを切り裂いていた、が、そこにザバーラの姿はなかった。

すでに起きあがったザバーラは走りだしていた。連絡路を横切ると、地面に足を残さないように注意しながらフェンスの鉄格子に跳びついた。

電気ショックを避けられる高さまでジャンプして、身体を引きあげた。一二フィートのフェンスの上に巻かれた有刺鉄線をつかんだとき、襲ってきたハイエナに突かれてあえなく手を放した。

地面に落ちたザバーラは脇へ転がり、牙を剝く獣から離れた。獣は起きあがっていた。相手の餌食《えじき》にされかかっている自分には、それを止める方法はもはやひとつしかない。フェンスに向かって飛び、ハイエナが脚に絡んできたその瞬間、鉄の棒に両手を巻きつけた。

獣はザバーラの右のふくらはぎに食いつき、左脚には爪を立てた。

ザバーラ、ハイエナ、地面の間で回路が閉じた。電流がザバーラの身体から獣に流れた。筋肉が揺さぶられ、ねじれるのを感じた。獣の苦悶《くもん》の叫びを聞いた。ザバーラは自分が落ちていくのを意識した。

土の上で、身を守るように頭を抱えて転げまわった。目を上げると、ハイエナが逃げていくのが見えた。甲高い声で鳴きながら、木立のほうに走っていった。

両手が疼き、耳鳴りがして、鼻孔に焦げた毛の臭いが満ちた。立とうとして地面に手をついたが時すでに遅く、一難去って新たな敵が立ちはだかった。

大型のメルセデスが、ザバーラをライトで照らしだして傍らに停まった。

ザバーラは座りこみ、来たる運命を待った。

ドアが開き、顔が見えた。魅力的な顔、そしてオリーブグリーンの瞳。

「座ってたらだめじゃない」女性の声がした。「乗って」

「リアンドラ？」

「がっかりした？」

不意に新たなエネルギーを授けられ、ザバーラはどうにか腰を上げた。「まさか」

おぼつかない足取りで車に乗り、ドアをしめた。「騒ぎになったらここを出ろって言わなかったっけ？」

「言ってたけど、具体的な方法は聞いてないし。どうせ出かけるなら豪勢にって思って」

ザバーラはにんまりした。「ここのしきたりにすっかり馴染んでるな。あとはカートを見つけるだけだ」

「彼はどこに？」

ザバーラが指を指した先では、いくつものヘッドライトとテールライトが入り混じり、濛々《もうもう》とした土煙のなかで追跡戦がくりひろげられていた。「あのどこかに」

26

三周して追っ手を混乱させようとしたあと、オースチンは大きくターンして来た道を引きかえした。転回したことでライオンとハイエナから離れ、ふたたび断崖のほうへ向かった。相変わらずザバーラの姿は見えなかった。

草むらにいないのなら、まだ岩場で隠れているかもしれない。

砂塵《さじん》を巻きあげてさらに半周すると、ふたりで退避していた岩棚へ向かった。

ダッシュボードに取り付けられた無線機が雑音をたてた。音量を上げ、メッセージの最後のほうだけ聞き取った。〈……むこうはジープにひとりだろうが〉と苦々しげな声がした。〈捕まえられないなら、ライトで照らせ〉

不明瞭《ふめいりよう》な応答がつづいたが、ライフルの銃声ははっきり聞こえた。

二台のトヨタの後部座席から撃ってくる。オースチンは回避行動を取った。ジープに被弾したような音も気配もなかった。暗闇と砂埃り、それに車体を弾ませる悪路のことを考えれば驚くにはあたらない。

とはいえ、一発のまぐれ当たりでこちらは行動不能におちいるのだ。命中しづらくなるように動くしかない。

一方に切ったステアリングを反対に切り、ハイビームにして花崗岩の棚の前を一気に走り抜けた。ライトが岩棚の端から端まで嘗《な》めたが、やはりザバーラはいなかった。

「たのむよ、ジョー。かくれんぼしてる場合じゃない」

風化した岩に跳ねる銃弾に、オースチンは大きく車体を振らざるを得なかったが、一度カーブを切ってから別の方向に切りかえすと、断崖を背に、銃で武装する男たちとの間に岩場をはさむ形となった。

〈やつをフェンスから遠ざけろ〉ちがう声が無線機から流れてきた。〈突破されたら、その先は一般道だぞ〉

オースチンには、その無線連絡が奇異に思えた。というのも、まず自分はフェンスの近くにいない。そして、その声にすこぶる聞き憶えがある。

〈崖の裏にはいられた〉より切迫した声が響いた。〈むこう側で道をふさげ〉

トヨタの二台は追いかけてきていたが、トラックは挟撃でオースチンを捕らえようと反対側にまわった。

オースチンは急ブレーキを踏んだ。タイヤが滑り、土煙が渦となって舞った。ヘッドライトを消してステアリングを回し、ふたたびアクセルをいっぱいに踏みこむと、岩場を離れて闇にまぎれた。

なにも見えないまま運転するのは危険だったが、おかげで相手もこちらが見えない。衝突を避けようと、コーティング加工されたフロントグラス越しに目を凝らした。小木を倒し、岩を避け、低い茂みを突っ切っていった。

オースチンを罠《わな》に掛けようという二台の車は、さらに難儀を強いられた。二台は土埃りのなか、おたがいオースチンを見つけたと思いこんで接近し、発砲しあったすえに衝突を引き起こしそうになった。

〈気をつけろ〉

〈発砲をやめろ。おまえらが撃ってるのはおれたちだ〉

〈あいつはどこだ?〉

自分のせいで連中が苛立っていることに、オースチンは大いに気をよくした。

〈いいか、やつはフェンスには向かってない〉と聞き憶えのある声がした。〈あの間抜けに、そんな真似ができるわけがない〉

最後の無線連絡を聞いて、オースチンは頬をゆるめた。ジョーだ。厭味な物言いが何よりの証拠だ。

ザバーラがどうやって無線を手に入れたかは想像がつかない。だがフェンスに向かえと語りかけているのは間違いない。

テールランプで居場所を覚られないように、オースチンはブレーキから足を離したままもう一周すると、崖から自由に向けて走りだした。

ジープは直線で速度を上げ、乾いた路面にタイヤの音を響かせた。連絡路に駐車しているメルセデスのシルエットを認めると、オースチンは架台から送話器をつかんで通話ボタンを押した。「もうひとりのアメリカ人はどうなった?」

〈ハンサムな男のほうか?〉とザバーラが応答した。〈美女と出会って、夕陽に向かって走り去ったらしい〉

〈訂正があるわ〉と女の声がした。〈男は美女に助けられて、月に向かって走り去った〉

ますますいいぞ、とオースチンは思った。「フェンスを突破する」と、気づかないふりをやめて言った。「おまえたちは後からついてくるんだ」

ここは弱点を突くに限る。オースチンは鋳鉄製のフェンスの継ぎ目に狙いを定めた。アクセルを踏みこんだまま、片手でハンドリングしながらシートベルトを装着した。

ジープは上下に弾みながら連絡路を突っ切り、フェンスへ突進していった。時速四〇マイルでの衝突は、三〇〇〇ポンドの破城槌《はじようつい》並みの働きをした。その衝撃はいきなり激しい振動をもたらした。ロックしたシートベルトに身体が引っぱられた。頭が前方に倒れ、ステアリングから両手が離れた。傾いたジープは助手席側から横転し、そのまま横滑りして停まった。

オースチンは顔を上げた。横倒しになったジープは一部がフェンスに引っかかっていたが、とりあえず長いドライブウェイの側に出ていた。

ヘッドライトを点灯したメルセデスが、その隙間を抜けてオースチンの脇に停まった。

ザバーラが窓から身を乗り出した。「気をつけろ、倒れたフェンスでも火傷《やけど》するかもしれない」

オースチンはザバーラの髪が逆立っていることに気づいた。「どうしたんだ?」

「電気ショック療法を受けた」とザバーラは言った。

「だから、まえから試してみろって勧めてただろう」

オースチンはシートベルトをはずし、ロールバーを持って身体を起こした。ジープの側面に立ち、倒れたフェンスを飛び越えてメルセデスの荷台に乗りこんだ。

腰を落としてルーフを二回叩くと、リアンドラがアクセルを踏んだ。

メルセデスは道路を疾走した。ターボチャージャー付き五〇〇馬力のエンジンの推進力は、作業用のトヨタ車やディーゼルエンジンのトラックが太刀打《たちう》ちできるものではない。

後方の路上を見ると、トヨタとトラックはフェンスの手前で停まっていた。

運転席との仕切り窓が開いて、ザバーラが顔を覗かせた。ザバーラの髪は間近にするとますます滑稽《こっけい》で、それこそパンクロッカーのようだった。「似合ってる。おれならそのままで行くな」

「冗談じゃない」とザバーラは言った。「そのままって言えば、まさかこのおふざけの最中に、水の標本を落としてこなかったよな」

オースチンは上着のポケットに手を入れた。ボトルはポケットの奥深くに残っていた。ボトルを取り出し、キャップがしっかり締まっているのを確かめた。

「無事だ」とオースチンは言った。「あとは、おれたちが命を懸けたものの正体を突きとめるだけだ」

27

ヨハネスブルク
ヨハネスブルク大学

ヨハネスブルク大学オークランド・パーク・キングズウェイのキャンパスは、手入れの行き届いた芝生のまわりに先進的な建物を配している。豊かな樹木がそこここで学生や教授たちに木陰を提供し、隣りあう建物どうしは曲線を描く小径でつながっていた。

オースチンとザバーラ、そしてリアンドラはその小径を歩いて理学部の建物にはいり、ノア・ワトソンが管理する研究室に行った。

ワトソンは微生物学科の筆頭教授で、リアンドラとはたがいによく知る間柄だった。リアンドラと同じく、ワトソンも以前NUMAに協力して、世界の珊瑚礁を汚染や海洋酸性化から守ろうとする活動の一端を担った経験があった。

「教授」研究室内にはいったリアンドラが温かな声で呼びかけた。

ワトソンはコンピュータの前でしかつめらしい顔をしていた。リアンドラを見て一気に表情が和んだ。「ああ、きみか」ワトソンは立ちあがってリアンドラを迎えた。「これで、この学生の論文の際限ない脚注を読む作業を中断できる」

教授はリアンドラを抱擁《ほうよう》すると、オースチンに手を差し出した。オースチンよりもいくらか長身で肉付きも多少よかった。ラグビーの南アフリカ代表チーム、スプリングボクスのポロシャツを着た彼は、オースチンとザバーラとの出会いを心から喜んでいるようだった。

「おふたりの噂《うわさ》はかねがね」と室内に響く声で言った。「これでもかというほど聞いてます。リアンドラからの連絡で、おふたりに力を貸してほしいと頼まれたときには耳を疑いました。これまで聞いた話を考えあわせると、あなたがたは架空の人物で、どこかの宣伝部が創作した空想の産物だとしか思えなくてね」

オースチンはワトソンの手を固く握った。「たぶん話に尾ひれがついたんでしょう。ぼくらは自分たちの仕事をこなしているだけで。その流れで厄介に巻きこまれることもありますが」

ワトソンは笑った。「ゆうべもその厄介に巻きこまれたそうで」

「ふたりは外を歩いてて」とリアンドラが言った。「動物保護区に閉じこめられ、ライオンとハイエナに囲まれたのよ」

ワトソンは頭を振った。「ライオンとハイエナに？　サバンナで一、二を争う猛獣たちに囲まれて生還したとは。奇跡に近い」

「武装した男たちのことも忘れずに」とザバーラが付けくわえた。

教授は腹の底から笑い声をあげた。「おふたりは最高レベルの困難がお好みのようだ」

伸びをしたオースチンは、夜の脱出行にともなう痛みを身体じゅうに感じていた。

「正直言って、冷たいビール片手に、陽が降りそそぐビーチに腰をおろしてるほうが好みですよ。でも、なかなかそうもいかない」

「たしかに、たいへんな目に遭われて」とワトソンは言った。「こちらはせめて、標本の検査ぐらいはさせてもらいましょう。その男たちは藻を使って氷を解かしていたのだとか？」

オースチンが水のボトルを手渡すと、教授は透明なプラスティック容器の中身に目を凝らした。

「そんな話を聞きました。ライランドは遺伝子を組み換えた藻類だと言っていたし。それから、実験中に水が深緑色に変化した」とオースチンは言った。

「むしろ透明に見えるが」とワトソンは言った。「しかし黄金色の珪藻《けいそう》の多くと、黄色の藻類は高濃度で存在しないかぎり肉眼では見えない。さて、どうなるか」

教授はボトルをそっと振って中身を混ぜ、二本の試験管に少量の標本を注いだ。一本はミネラル成分を調べる装置に入れた。もう一本は化学染料の検査にまわされた。それで水中の藻類の存在が明らかになるはずだったが、やはり水は透き通ったままだった。

「じつに面白い」とワトソンは言った。

「こっちにはなにも見えないけど」とザバーラが言った。

教授は片方の眉を吊りあげた。「そこが面白いところでね」

点眼器を使ってスライドガラスに標本の水を数滴落とし、もう一枚のスライドグラスをかぶせると、教授は高性能の複合顕微鏡のレンズの下に置いた。

複合顕微鏡には接眼レンズが二枚ついていた。おかげでより正確に焦点が合い、ごく小さな三次元構造の検出が可能になる。

「これは医療用に開発されたモデルでね」と教授は説明した。「二五〇〇倍まで画像を拡大できる。水中に細菌や藻類がふくまれていれば発見できるだろう」

設定を調整したのち、ワトソン教授は顕微鏡を覗いた。一〇〇倍の設定からはじめて、すぐに倍率の高いレンズに切り換えた。「藻類はたいてい一〇〇〇倍以下の拡大で確認できるものだが、いまのところなにも見えない」

オースチンは教授に作業を任せて後ろに退き、時間つぶしに、水に含有される化学物質を分析する装置に目をやった。装置は低く唸りをあげながら攪拌をおこなっていたが、点滅する複数のＬＥＤが、まだなにも発見していないことを示している。

教授がもう一度レンズを切り換えた。「八〇〇倍で細菌がぽつぽつ見える。おそらく回収容器として使われるまえに、このボトルから水を飲んだ人物の口内に残っていたものだろう」

「結果に歪みが出ますか？」とオースチンは訊いた。

「いや。あなたがたが言う任務の遂行を望むなら、高濃度で発見しないといけない。少々の細菌では影響も出ない」

通常の八〇〇倍では見えないと判断して、教授は一〇〇〇倍、そして一五〇〇倍と拡大していった。いったん接眼レンズから目を離してメモを取ると、また顕微鏡を覗いた。

ついに最大の二五〇〇倍まで拡大したあと、オースチンは教授がかすかにうなずき、姿勢を変えたことに気づいた。

顕微鏡から身を引いたワトソン教授は満足げな様子だった。「さあ、ご自分で確かめるといい」

教授が顕微鏡から退くと、オースチンは進み出た。接眼レンズを調整して顔をつけ、視界の明るさに馴れるまで目をすがめた。

細菌か藻類を探してじっと見つめた。「なにも見えない」

「見えるものがないからだ」と教授は答えた。「藻類はなし。細菌はごく微量。まとまった有機体は皆無。この水は驚くほどの無菌状態だ。この標本で間違いないのかな？」

「プールから採取したままの水です」とオースチンは言った。「ぼくが自分ですくった」

教授は丁重にうなずき、耳の下にできた吹き出物を掻いた。「あなたが命懸けで回収してきたのは精製水のようだ」

「まさか」とザバーラが言った。「おれたちはライランドがこの水で氷を解かすのを見たんだ」

「おそらく加熱されたんでしょう」と教授は言った。「あるいは、そもそも氷は氷ではなかったとか」

「嘘じゃない。おれたちは氷の上に座った。そいつは本物で凍えるほどだった。やっとお尻の筋肉がほぐれてきたところさ」

「標本を採取したとき、プールの水はまだ相当冷えていた」とオースチンは言った。

「せいぜい氷点をすこし超える程度だった。とすると、氷は何日とはいわないが、何時間かは解け残るはずだ。われわれが目撃したことの説明にはならない」

教授は反論しなかった。「なんと言えばいいか。氷が本物で水が冷たかったとすれば、何か別のものが作用したにちがいない」

背後の装置が繊細なビープ音を発した。「おお、化学分析が終わった」

教授が装置の正面にあるボタンを押すと、旧式のドットマトリクスプリンターが検査結果を吐き出しはじめた。それが完了すると、ワトソン教授は用紙を破り取った。

「さあ」とオースチンは笑顔で言った。「あまり気を揉ませないでくださいよ」

教授は咳払いした。「あなたがたが持ちこんだ水の標本は、高濃度の塩化カルシウムをふくんでいる。さらに高濃度の塩化カリウム、塩化ナトリウム、濃縮された酢酸ナトリウムとグリコールも」

言った。
「つまりライランドは照明を落として、除氷剤をプールに注入した」とオースチンは
「それと航空機の除氷剤」ザバーラがふれたのはグリコールのことだった。
「岩塩か」とオースチンは指摘した。

「除氷剤は水面に浮く」とザバーラが言った。「水から氷を分離させ、驚異の速さで食いつぶす。注入するまえに加熱しとけばなおさらだ」

オースチンは得心した。「酢酸ナトリウムとグリコールが働くと、岩塩はプールにひろがって水の融点を変化させ、凍結を防ぐ」

「ライランドは彼らを騙《だま》した」とリアンドラは言った。

オースチンはうなずいた。

「でもなぜ？」とザバーラが訊いた。「どうして仲間をかつぐんだ？　一杯食わされたと知ったら大暴れしかねない連中だぞ」

黙りこんだオースチンは、別の角度からその疑問を考察した。結局、筋が通る理屈はいくつかしか残らなかった。「ライランドが藻類を持っていないか、藻類が彼の言う効能どおりに作用しないか。あるいは……」

「あるいは何だ？」とザバーラが迫った。

「あるいは、ライランドは別のゲームをしているのか。もっと時間がかかる、複雑なゲームを。で、われわれにはその全体像のごく一部しか見えていない」

28

NUMA本部

オフィスでラップトップを前にしたルディ・ガンは、オースチンから届いた不可解な最新報告を読んで顔をしかめた。ページに二度目を通し、見落としがないのを確認すると、ことさら力任せに画面を閉じた。

「お手柔らかに」と戸口から声がした。「コンピュータも人間だよ。ていうか、そのうち人間になるから」

ガンが顔を上げると、ハイアラム・イェーガーが腕組みしてドアの側柱にもたれていた。

「技術革新の最前線に立つのは、間違いなくきみだな」とガンは言った。

「たぶんね」とイェーガーは言った。「でも現実に、ロボットに乗っ取られるのはまだ先の話さ」

「よかった。だったらコンピュータのメモリを消去する猶予もあるだろうから、わが身に不利になる犯罪歴は残るまい。それはともかく、差し迫った問題がある。カートは南アフリカで空振りだった」

「なにも見つからなかった？」

「見つけるには見つけたが、大したものじゃなかった」

イェーガーは額に皺を寄せた。「そんなのばっかりだね。カートに頼まれて、〈シュヴァーベンラント〉の遠征の記録を調べたんだけど。あの写真が探査飛行と着陸地が一致するかどうか」

「着想としては悪くないが」とガンは言った。「その表情からすると、結果は出なかったようだな」

イェーガーは部屋にはいって椅子に座った。「〈シュヴァーベンラント〉の遠征について、知られてる情報源を片っ端からコンピュータに調べさせたんだ。公開されてるのも非公開のも、昔の戦略情報局《OSS》の極秘の記録も。あの写真は存在する画像記録上のいずれとも一致しなかった」

「見落としたということはないのか？」

「どうかな。写真をデジタル化して、写ってる人物をひとりひとり顔認証プログラムにかけたし。有名な探検隊と船の乗組員の写真ともシステムで比較した」

「その結果は？」

「やっぱりなにも出ない」イェーガーは片手でガンを制した。「なにしろ、遠征に参加した航海士や飛行士、科学者の高画質の写真は何枚もあるけど、船上で働く甲板員とか三等水夫のはないからね」

「それで？」すでに答えを知りながらも、ガンは訊いた。

「写真のなかに、〈シュヴァーベンラント〉の遠征に参加した人間はひとりもいなかった。あの写真の男たちは、船に乗ってなかったってことさ」

ガンは指でデスクを叩いた。情報もないよりましだ。これは見当違いの方向を向いているということかもしれない。「写真が偽である可能性は？」

イェーガーは首を振った。「コンピュータが造り出した写真じゃない。ディープフェイクを見破る分析を、方法を変えてやってみたけど。画素も光の角度も、陰影も写真の奥行きも全部本物さ。写真を細工したり、画像処理した形跡はない。いずれにしても、あの写真はコンピュータが生成したものでも、フォトショップで加工したものでもないね」

「写真自体は本物でも、偽装されたものでは？」ガンは意見を口にした。

「ありうるね。でも、だとしたらドルニエの古い飛行艇を見つけてレストアして、凍った湖に飛ばしたうえで撮影しなきゃならない。それに本物のガラスレンズをはめた年代物のカメラと、銀と化学薬品の比率が、一九三〇年代後半のドイツで製造されたのと一致するフィルムも必要になる。ちなみに、このフィルムは一からつくらなきゃならない。もう製造されてないタイプだから」

「落書きされた写真一枚のために、手間がかかりすぎるか」ガンは認めた。「捏造《ねつぞう》ではなく、〈シュヴァーベンラント〉の遠征時の写真でもないとすると、誰の何の写真なんだ？」

イェーガーは肩をすくめた。「その答えを解くには、コーラがどこで写真を手に入れたのか突きとめるしかない。で、それをやる方法についてアイディアがあるんだけど」

ルディ・ガンは色めき立った。「それを聞きたかった。霊媒師や予言者を呼ぶなんて言わないでくれ」

「まさか。特殊なブルーライトと写真の複写があればいい。カートが持ってるよね。なくしてなければ」

「複写？　オリジナルじゃなく？」

「そう」

ガンは困惑の態で言った。「それでどうやって解決する？」

「まあ、あんまり知られてないことだけど、いまのプリンターって印刷するページごとにマイクロドットを埋めこんでるんだ」

「マイクロドット？」

「インクの小さな点だよ。実際にプリントするページの色を使ったオフセットさ。ふつうは少量の黄色が使われる。ドットはごく小さくて色も薄いし、肉眼では見えない。ページ全体に三、四〇個が散ってるだけだから、印刷された内容を変えることもない。でも結果的にはパターンが出て、ＱＲコードみたいに判読ができるんだ。このパターンがプリントの日時を記録して、しかも個体識別コードもはいって、そのページを印刷したプリンターの種類、モデル、シリアルナンバーがわかる仕組みになってる。その情報が手にはいれば製造元に問い合わせて、プリンターを誰に売ったかが確かめられる。で、コーラが写真をプリントした場所がわかれば、オリジナルにたどり着く手がかりになるってわけさ」

ガンは怪訝《けげん》な目をした。「どのプリンターにそんな機能がついてるって？」

「ほぼすべてに」とイェーガーは答えた。「ここ一〇年から一五年ぐらいのあいだに製造されたもの全部」

「うちのも？」

「当然」

「冗談だろう」

イェーガーは首を振った。「どこでもそうさ。プリントアウトをそこらのゴミ箱から、世界中のどこからでも一枚拾ってきたらいい。そしたらものの数分で、それがいつ、どこで印刷されたものか、どのプリンターで印刷されたのかがわかるんだ。ぼくらはこの方法を使って、文書をリークしたり企業秘密を盗んだ人間を捕まえてきた。これを悪用して紙幣を刷った偽金造りを捕まえたこともある」

「ロボットに乗っ取られる日は、そう遠くなさそうだな」とガンは言った。「電話で話した一語一句を聴かれ、行動をすべてコンピュータに記録され、あげくによからぬ目的で使ったことをプリンターに密告されるとは、ビッグ・ブラザーに監視されているようなものだ」

「ああ、そうさ」とイェーガーは言った。「ビッグ・シスターにも。一族郎党にもね。でも今回はぼくらのために利用できる」

29

ヨハネスブルク大学

ワトソン教授の研究室で、オースチン、ザバーラ、リアンドラがスピーカーフォンでイェーガーの指示を聞いていた。

「簡単そうだな」とオースチンは言った。「待っててくれ」

古いナチの写真が印刷された用紙を、オースチンは細心の注意を払って取り出した。一週間近くポケット大に折りたたんでいたので、スキャンするまえに皺を伸ばす手間が必要だった。

オースチンが折り目を伸ばしている間に、ザバーラとリアンドラ、そしてワトソン教授はスキャナーをいじり、テストに必要なブルーライトの波長の調整にかかった。

「新品のＬＥＤを入れた」とザバーラが言って機械を置いた。

リアンドラがスイッチを入れると、教授が光度計を使って波長を調べた。「範囲内だ」

オースチンはざっと点検した。「電球一個の交換に何人必要かっていうジョークは控えよう」

「まったく」とザバーラが言った。「そっちは紙切れ一枚にさんざん愛情を注いでるくせに」

オースチンは笑った。「この仕事には精巧な職人技を要すると申しあげておく」

スピーカーフォンからイェーガーの、待ちくたびれたとばかりの咳払いが聞こえた。

オースチンは慎重にならした紙をリアンドラに手渡し、リアンドラはその成果を検分してから紙をスキャナーに載せ、蓋を閉じた。

「準備完了よ」

ザバーラはボタンを押した。

最高値の解像度で四回スキャンされた画像は、四枚まとめてプログラムにかけられ、マイクロドットのデジタル検索がおこなわれた。

オースチンも椅子に座り、結果を待ちわびながらコンピュータの画面を見守った。

なにも起きない数秒を経て、パターンが表示された。

「ランダム分布みたい」とリアンドラが口にした。

「またはジャクソン・ポロックの描きはじめってとこか」とザバーラが言った。

オースチンの目には、ぱらぱらとした星の配列のように映った。ほんのすこし想像力を働かせたら、点と点を結んで独自の星座をつくれるかもしれない。コンピュータにとっては、一九五〇年代のパンチカードと大差がなかった。そこにはプリンター製造会社のデータベースにアクセスするための情報がふくまれている。

甲高い電子音が鳴り、答えが画面に映し出された。

ザバーラは身を乗り出し、声に出して読みあげた。「レーザージェット・プロ。ユーロライン、ＰＬＣモデル９１１７、製造番号７８３‐６９２Ｄ‐１９」

「こっちも見えてるよ」とイェーガーが電話のむこうで言った。「待ってて、その製造番号で問題のユーロラインのプリンターがどこにあるか調べてみるから」

「なんか、ちょっと信じられないけど」とリアンドラが言った。

オースチンも同じ思いだったが、考えてみれば、現代のプリンターは大半がインターネットに接続されており、ネット上のすべてのものがＩＰアドレスや〝ハンドシェイク〟などの方法を用いて、ネットワーク上に存在するあらゆる電子機器に身元を明かしているのだ。いずれにしても、ハイアラムはこんなことは朝飯前《スラムダンク》と思っているらしい。

その正しさはまもなく証明された。「答えが出たよ」とイェーガーは一同に告げた。「このページはドイツのベルリン文書センターで印刷されたものだ」

「フェデックスとかキンコーズとか、そこらのインターネットカフェじゃないってことか」とオースチンは言った。

「ちがうね」とイェーガーは言った。「それどころか、ここはぼくらがずっと探してきた場所だ」


（上巻終わり）

◉訳者紹介　**土屋 晃**（つちや　あきら）
東京都生まれ。慶應義塾大学文学部卒業。翻訳家。訳書に、カッスラー&ブラウン『消えたファラオの財宝を探し出せ』、カッスラー『大追跡』、カッスラー&スコット『大諜報』（以上、扶桑社ミステリー）、ミッチェル『ジョー・グールドの秘密』（柏書房）、トンプスン『漂泊者』（文遊社）、キング『死者は嘘をつかない』（文春文庫）、ライアン『真冬の訪問者』（新潮文庫）他、多数。

〈ファストアイス〉計画の災厄を食い止めろ（上）

発行日　2025年4月10日　初版第1刷発行

著　者　クライブ・カッスラー&グラハム・ブラウン
訳　者　土屋 晃

発行者　秋尾弘史
発行所　株式会社 扶桑社
〒105-8070
東京都港区海岸1-2-20　汐留ビルディング
電話　03-5843-8842（編集）
03-5843-8143（メールセンター）
www.fusosha.co.jp

印刷・製本　中央精版印刷株式会社

ISBN 978-4-594-09782-0　C0197